夏を待つぼくらと、宇宙飛行士の白骨死体
篠谷巧
illust. さけハラス
We who wait for summer and the skeleton of an astronaut.
JN049359

Contents

We who wait for summer and the skeleton of an astronaut.

Design / Nao Fukushima [musicagographics]

堤 宗太
Souta Tsutsumi
筧華乃子
Kanoko Kakei

半田理久
Riku Handa
早坂紗季
Saki Hayasaka

夏を待つぼくらと、宇宙飛行士の白骨死体

We who wait for summer and the skeleton of an astronaut.

篠谷巧　illust. さけハラス

Characters

We who wait for summer and the skeleton of an astronaut.

半田理久 Riku Handa

物語の主人公。宗太に連れられ、チャーリー事件に巻き込まれる。

早坂紗季 Saki Hayasaka

理久の幼馴染み。とある事情で、理久たちとは距離が離れてしまった。

堤 宗太 Souta Tsutsumi

理久の幼馴染み。青春を取り戻すべく、旧校舎に忍び込もうと理久と紗季を誘う。

筧華乃子 Kanoko Kakei

理久の幼馴染み。"捏造系アーティスト"として活躍している。

序章　チャーリー

1

自称・反逆者の手が鈍色《にびいろ》の鍵をひねり、スチール製の扉がゆっくりと開かれた。

そして現れたのは、夜闇に包まれた屋上の風景だ。

足元のコンクリートにはひびが走り、あちこちの隙間《すきま》から雑草が顔を覗《のぞ》かせている。視線を上げれば深緑のネットフェンスが行く手を阻《はば》み、その向こうには星空と、冴《さ》えない田舎町の風景が広がっている。

高校入学以来、一度も足を踏み入れたことのなかった屋上に、俺たちは到達した。

フィクションの中の高校生たちが出会い、衝突し、絆《きずな》を深め、歌い、8ミリ映画を撮影する場所——だけど実際には出入りできない、幻の青春が起こる場所。


「ザ・屋上って感じだね」

フェンスに近づきながら、一歩前を行く反逆者に声をかけた。

俺より数センチ背が高いそいつは、名前を堤宗太《つつみそうた》という。小学校からの友達で、高二になった現在は隣のクラスにいる。今日、授業終わりでざわめく教室に現れた宗太は、「Voilà《ヴォワラ》」と最近覚えたらしいフランス語でおどけ、握りしめた鍵を見せてきた。職員室でダミーと入れ替えてきたという、屋上の鍵だ。

そして俺は、ささやかな反逆行為に誘われた。

決行は夜。予備校のあとで落ち合い、俺たちは誰もいなくなった高校に忍び込んだ。

「僕の思ったとおりさ。想像どおりの屋上が、ひっそりと忘れ去られていく」

宗太は両手でフェンスを鷲摑《わしづか》みにし、鬱陶《うっとう》しいクセ毛頭を振ってこちらを見た。

黒縁メガネの奥で目を輝かせ、「象徴性だよ、象徴性」と続ける。

学校の屋上は、失われた青春の象徴である——というのが誘い文句だった。

来週末には夏休みが始まる。高校生活最後の夏に、少しぐらい抵抗してみようじゃないか。失われた青春の象徴を、しっかりと記憶に刻み込んだ。反逆者たるこの僕が、その案内役になってやる、と。

芝居がかった物言いはいつものことだ。

宗太は昔から変わり者だけど、頭脳明晰《めいせき》な名探偵タイプに憧れている節《ふし》がある。一人称の「僕」にしても、「ぼ」を高く発する柔和《にゅうわ》なイメージの「僕」じゃなく、業界用語よろしく平板に発する「僕」なのがいかにもクサい。真意を問いただしたことはないけど、どうせ知的な印象を狙ってのことだろう。

そして俺は、いかにもクサい宗太の誘いに乗った。

比較的小さなリスクで、ちょっとした想《おも》い出が作れると思ったからだ。

実際、こうして屋上に上がってみると気分がよかった。失われた青春だの反逆だのはともかく、ぱっとしない日常に刺激を与えるという意味では、なかなか悪くないと感じている。

「僕らの高校生活は結局、何もなかった……」

フェンスに指を絡《から》めたまま、宗太《そうた》が深刻そうに告げた。

失われた青春という文脈で、何やら感情的な演説を始めようとしている。そこまで気持ちの昂《たかぶ》っていない俺は、もう少し冷静な視点で反論する。

「何もは大げさだろ。オンライン授業も終わったし、今年からは文化祭だって復活する」

二〇二〇年四月の緊急事態宣言から、三年と少し。

二〇二三年七月の高校生活は、本来の姿らしきものを取り戻しつつある。

「それでも満たされない感覚はあるんだろ？　物足りないと思ってる。だから僕の誘いにも乗った」

「まあ……確かにそういう部分はあるけど」

「だろ？　僕らの青春は奪われたんだ！　だから自分たちで取り戻す！　抵抗というのは、そうやって始まるんだ……」

すっかり芝居モードの宗太は、遠い目でフェンスの向こうを見やり、余韻《よいん》たっぷりに告げた。かと思えば、ハッとした顔つきでこちらを見る。

「そういえば、あの時もそうだったな」

「どの時？」

「中一の頃、みんなで旧校舎へ忍び込んだろ？　『旧校舎』なんていかにもな存在のくせに、心霊話の一つもないB級ぶりに落胆し、僕らは抵抗に打って出た」


ギリギリ都内、が口癖のようなここ三狛江《みこまえ》市は、端的に言ってド田舎だ。駅や学校の周りはそれなりに栄えていても、中心からある程度離れると、一気に畑ばかりの風景へと変貌《へんぼう》する。その区切りがいやにはっきりしているからか、この町にはどこか、書き割りのような嘘《うそ》っぽさが漂っている。

そんな中で少しばかりの知名度を誇るのが、俺たちの通う三狛江高校の旧校舎だ。旧校舎というと同じ敷地内かすぐ近くに建っていそうなものだけど、ここから旧校舎までは自転車で十五分ほどかかる。田畑と森に囲まれたそこは、昭和初期に建てられた歴史深い木造建築に味わいがあり、ドラマや映画の撮影に使われることが多い。そうでもなければとっくに取り壊されているだろう建物だけど、ロケ地としての需要のため、何度かの補修工事を経て現在まで生き永らえている。

町外れにひっそりと建つ、古めかしい木造校舎——なんて聞くと期待が高まるけど、あくまでもビジネスライクな存在であり、やれ幽霊だの、学園七不思議だのといった話はまったく聞こえてこない。そんな状況に不満を覚え、中学一年の頃に小さな抵抗をしたことがあった。心霊話が足りないなら、自分たちで作ればいい――という馬鹿げた理屈を掲げ、当時仲のよかった四人組で〝呪いのお札〟を捏造《ねつぞう》し、旧校舎にこっそり仕掛けたのだ。

「理久《りく》」

名前を呼ばれて顔を上げると、宗太《そうた》は再びフェンスの向こうを見つめていた。その先にある町並みは、ある一線を境に田園風景へと切り替わる。見渡す限りの田畑と山々。そんな景色を前に、宗太はいったい何を――と考えて気づいた。宗太の視線の先にあるのは、旧校舎だ。するると、宗太が何を想《おも》っているのか見当がついた。

あの時、俺たちが仕掛けた――

「呪いのお札がまだあるか、確かめに行かないか」と宗太はたずねる。

「言うと思ったよ。だけどもう五年前だろ？　さすがに残ってないって」

「ここまで延命されてきた旧校舎も、夏休みにいよいよ取り壊されるって話だ。見に行くならこれが最後のタイミングじゃないか？　ほら、小さな抵抗のついでさ」

こういう時、なかなか退《ひ》かないのが宗太だ。屋上に忍び込む程度なら、と安易に付き合ってしまったのが運の尽きか。俺は観念し、まあいいか、と首を縦に振った。だけど心のどこかでは、冒険の気配に少し高揚してもいた。

2

　忍び込んだ時と同じ裏門から出て、停《と》めていた自転車で旧校舎を目指す。住宅や商店が並ぶ学校周辺のエリアを抜ければ、この町のもう一つの顔、田畑に覆われた三狛江《みこまえ》が待っている。が、その境目辺りで思わぬことが起きた。

大型スーパーのだだっ広い駐車場前でのことだ。閉店時間を過ぎ、照明が落ちているため辺りは暗かった。そんな中に、三狛江高校の女子生徒らしき姿があったのだ。制服を着たその生徒は、スーパーのロゴが入った大型看板の柱に寄りかかり、手元のスマホを見つめていた。すぐ隣には、見覚えのある赤い自転車が停められている。

「紗季《さき》！」

　宗太が声をあげ、彼女の前で自転車を停めた。

　近づいてよく見ると、それは確かに早坂《はやさか》紗季だった。

　ミディアムの黒髪。眉下まで垂れた前髪。切れ長の目のせいか、あるいは小柄だからか、動物にたとえるなら猫っぽいと個人的には思っている。高校の選択肢が多くないこの辺りでは珍しくないことだけど、彼女もまた、宗太同様に小学校からの友達だった。小中の頃ほど親しくしていない今は、かつて仲がよかった分、微妙な距離感にある。

紗季《さき》はスマホから顔を上げ、突然現れた男子二人を不思議そうに見やった。

「あれ？　どうしたの二人して」

「ちょうどいいところに出くわした！」

宗太《そうた》が上機嫌に告げ、こちらを振り返る。

メガネの奥の目が、またしても怪しい光を灯《とも》す。

「なんで俺を見るんだよ」

「紗季も誘おう！　これはきっと運命だ」

「いや、何を突然……」

「よく考えてみろ！　こんな偶然があるか？　紗季はあの時の――」

「あのー、話が見えないんですけどぉ」

紗季が小首をかしげ、俺たちの間に割って入った。

眉をひそめ、明らかに不審がっている。

「――運命って何？」

と、そこだけ抜き出すとあまりに壮大な疑問を投げかける。

運命とは何か。よりにもよって、彼女の前で気安く語れることではない気がした。妙に意識してしまい、上手《うま》く反応できずにいる自分を情けなく思っていると、自己肯定感をだだ漏《も》れにした宗太が勢いよく説明する。

P
market

「これから理久《りく》と一緒に、旧校舎へ行くんだ！　中一の頃、いつもの四人で呪いのお札を仕掛けに行ったろ？　あれがまだ残ってるか確かめるんだ」

「ああ。呪いのお札……ずいぶん懐かしい話を持ち出したね」

そういえばそんなこともあったな、といった調子で、彼女のリアクションは生温《なまぬる》い。ガキっぽいと思われたかもしれない。

「宗太《そうた》が勝手に盛り上がってるだけだから」と俺はフォローする。「無理に付き合う必要はないよ。予定もあるだろうし」

こんな夜更けにひと気のない駐車場に佇《たたず》んでいたのだ。誰かと待ち合わせでもしていたに違いない。俺としてはそういう気を利《き》かせたのだけど、宗太はお構いなしにたずねる。

「そういえば紗季《さき》こそ、こんなところで何してるんだ？」

「えっと……」

彼女は握っていたスマホにちらりと目をやり、スカートのポケットにそれをしまった。

「ちょっと友達に呼ばれて、待ち合わせ的な？」

「それはもしかして、すぐに済む用事だったりするんじゃないか？　スーパーの駐車場で待ち合わせなんて、これからどこかへ行くわけじゃないんだろ？　何かものを渡すだけとか」

なんとしても紗季を巻き込みたいらしく、宗太は根拠の薄い推理で食い下がる。

はぐらかしても引き下がらないと察したのか、彼女は諦《あきら》めたようにため息をついた。

「……実を言うと、ドタキャン食らったとこだから用事はもう済んでる」

「よし！　だったら僕らに加わるよな？」

彼女は二秒ほど固まり、今度は俺のほうを見た。

これ以上宗太と話しても、らちが明かないと思ったのかもしれない。

「呪いのお札って、あれ作ったの中一の時でしょ？　だからもう……五年前？　普通に考えて残ってるわけないと思うんだけど」

「俺もそう言ったんだけど。ほら……言いだすと聞かないから、こいつ」

苦笑いを浮かべてそう返すと、紗季は黙ってこちらを見続けた。

その視線に、ドキリとしてしまう。

不思議そうな表情を浮かべているけど、拒んでいるわけではなさそうだ。

「呪いのお札はまあ、口実みたいなもんだよ」

気がつくと俺は、紗季を説得しようと思っていた。さっきまでは無理に付き合う必要はないとか言っていたのに、とんだ手のひら返しだ。

それはたぶん彼女に見つめられたからで、そこにある懐かしい感覚が、常識人を気取ろうとする俺を揺さぶったのだと思う。当たり障《さわ》りのない反応以上の、もう少し特別な何かを、彼女に投げかけたかったのだと思う。

だから俺は、ぎこちなさを自覚しつつ言葉を継ぐ。

「旧校舎はもうすぐ取り壊しになるって話だし、最後の見納めと思えば……どうかな。一人欠けてるけど、昔のメンバーでもう一度侵入するっていうのも、けっこうオツじゃない？」

言った直後に後悔するのはいつものことだ。

返事を待つ間、恥ずかしさが体の内側をもぞもぞと這《は》い回っていた。

すると彼女は、不思議そうにしていた表情を崩し、ふっと微笑《ほほえ》んだ。

「確かにオツかも」


こうして新たなメンバーを迎えた俺たちは、スーパーの駐車場をあとにした。

旧校舎に呪いのお札を仕掛けたかつての仲間が、四人中三人まで集まっている。それは確かに驚くべき偶然で、運命という言葉を使いたくなる宗太《そうた》の気持ちも分かる。

だけど俺は、その言葉が孕《はら》む残酷《ざんこく》さを意識せずにいられなかった。


——運命って何？


紗季《さき》の発したその問いが、頭の中をグルグルと駆け巡っていた。

要するに俺は、その言葉が嫌いなのかもしれない。

俺たちを結び付け、そして引き離した、得体の知れないその概念が。

3

やがてたどり着いた、三角屋根の木造二階建て校舎。

木々に囲まれたそこは、道中よりもさらに深い闇に包まれていた。

俺たちは自転車を降り、スマホの懐中電灯機能で辺りを照らしながら旧校舎へ近づいた。建物の正面中央には、下駄箱付きの玄関がある。現在の感覚からすると小さく思えるけど、教室が全部で六つと、職員室やら音楽室やらでさらに四、五部屋あったはずだ。

「昔と変わらないな」

宗太の後に続きながら、俺は素朴《そぼく》な感想をもらした。

中学一年のあの時も、こんな暗闇の中をみんなで固まって歩いた。

「そりゃあそうさ」と宗太が応じる。「ロケ地としての旧校舎に求められるのは、昔のままの姿なんだからな。時を止められた学《まな》び舎《や》ってわけだ」

「時間のない場所か……」

小さく反応した紗季の声が、すぐ隣から聞こえてきた。

その距離感にも、やっぱり懐かしい思いがする。

正面玄関は物々しい南京錠《なんきんじょう》と鎖でガチガチに閉鎖されているため、俺たちは建物の裏手に回った。廊下の窓の一つに、鍵の壊れている箇所がある。そこから侵入できるというのが、一部の学生の間では有名で、俺たちも首尾よく潜り込むことができた。

旧校舎の内部では、一歩踏みだすたびに床板が軋《きし》んで甲高い音がする。

それぞれに掲げたスマホから、懐中電灯機能の光が伸び、目の前の暗闇に三本の切れ目が入っていく。そうして浮かび上がる木造校舎の内観には、不思議な郷愁を感じてしまう。久々に訪れたからじゃなく、生まれてもいない昭和の文化全般に感じる、集合知的な懐かしさだ。

廊下の右手には外に面した窓が並び、左手には教室の中を覗《のぞ》ける窓が並んでいる。最近までロケ地として利用されていたおかげだろう、ガラスや壁や床板にも損傷はほぼ見当たらない。侵入者の痕跡《こんせき》といえば、一部の黒板にある下らない落書きぐらいだ。

「お札ってどこに貼ったんだっけ」

俺は小声でたずねた。

静かにする必要はないのに、雰囲気《ふんいき》に流されてつい声を抑えてしまう。

「おい。嘘《うそ》だろ、理久《りく》」

前を行く宗太《そうた》が歩いたまま振り返り、スマホのライトをこちらに向けた。

俺は眩《まぶ》しさに目を細める。

「呪いのお札を仕掛けたのは、階段下の物置だ。よく探さないと見つからない場所にあったほうが怖いって、みんなで話し合ったじゃないか」

「ああ、言われてみればそうだっけ……？」

「なんだよそれ。その調子だと、〝呪詛《じゅそ》の言葉〟もまるで覚えてないんだろうな」

「呪詛の言葉……」

紗季《さき》が繰り返し、記憶を探るように視線を泳がせる。

「あ、なんかちょっと思い出したかも。みんなで禍々《まがまが》しい漢字を出し合ってさ、適当に組み合わせて、それっぽい文言をでっち上げよう……って」

「いいぞ、紗季！　薄情な理久とは大違いだ」

久し振りの交流を盛り上げたいのか、やけに俺への当たりがきつい気がする。

まあ、それで昔のような関係に戻れるなら、だしに使われるのは一向に構わない。

「あ、待てよ」

そこで不意に、俺も思い出したことがあった。

「お札に使う紙をみんなで選ばなかったっけ？　色とか材質とか、本物っぽくしようって張り切ってさ。それで確か……俺たちの中で一番習字の上手《うま》かった華乃子《かのこ》に清書してもらった」

「ほほう。お前も記憶が戻ってきたか」

宗太が満足げに頷《うなず》き、さらなる問いを投げる。

「それじゃあ二人に質問だ。〝呪詛の言葉〟の具体的な内容は？」

「いやあ……」

俺は首をかしげ、頭の中で精一杯検索をかけてみた。丑《うし》の刻参《こくまい》りからの連想で、「刻」の字が入っていた記憶は辛《かろ》うじてあるけど、それ以外はさっぱり分からない。

紗季《さき》も似たようなものらしく、なんとかひねり出したという感じで回答した。

「ハジョウ……メイセツ？　漢字は覚えてないけど、そんな響きじゃなかったっけ？」

「ていうか、そういう宗太《そうた》は覚えてるのかよ」と俺は突き返す。

「いや、実は僕もそこまでは。ハジョウなんとか……ふんふんボクソツ……とかなんとか、そんな雰囲気《ふんいき》だったはずだ」

「なんだよ、自分も覚えてないじゃんか」

「だからこそ！」

と声を張り上げ、宗太が立ち止まる。

掲げたスマホの向きを変え、前方のどこかにライトを向けた。

「答え合わせといこう」

照らし出されたそこは――階段下。

物置の扉だ。

扉にはかんぬき式のロックが備わっている。が、本来なら南京錠《なんきんじょう》で固定するはずの部分に何も付いていないため、誰でも開けられる状態になっていた。

「いくぞ」

宗太がトの字のパーツをスライドさせてロックを解き、ゆっくりと扉を開けた。恐る恐る、という表現がぴったりな動きだ。そうしてできた隙間《すきま》に首を突っ込んだかと思うと、すぐに引っ込め、スマホをかざしながら改めて中を覗《のぞ》き込む。

そのまま数秒の沈黙。

暗闇に包まれていることもあり、やけに長く感じる沈黙だった。

「お札はあったのか？」

俺はしびれを切らし、問いかけた。

「いや、なんというかだな……」

宗太は抑揚のない声で告げる。

どうも様子がおかしい。

「なあ宗太、中に何か——」

「宇宙飛行士」

「は？」

宗太は物置の扉を閉め、俺たちに向き直って繰り返した。

「宇宙飛行士だ」

「いや、だから……」

俺はライトの向きを変え、宗太《そうた》の様子をうかがう。その顔は、戸惑い果てて感情を失ったかのような、尋常ではないものを感じさせた。

黒縁メガネの奥で、二つの目が泳いでいる。

そして宗太は、まったく意味の分からないことを言った。

「物置の中で、宇宙飛行士が死んでる！」

4

何かしらの一線を越えた、とんでもないものに遭遇してしまったという焦燥感《しょうそうかん》。鼓動が高鳴り、思考が妨げられる。

つくづく信じられないことだけど、宗太の言葉はそのままの意味だった。

二畳ほどの物置スペースの床に、宇宙飛行士が座っていたのだ。

もともと中央にあったと思《おぼ》しき掃除用具などは端のほうに積み上げられ、本来の目的だった呪いのお札もなくなっていた。そしてその代わりに、巨大なバックパック状の機械と、厚みのある白いスーツを身に着けた死体が、脚を伸ばして壁に背中を預けていた。

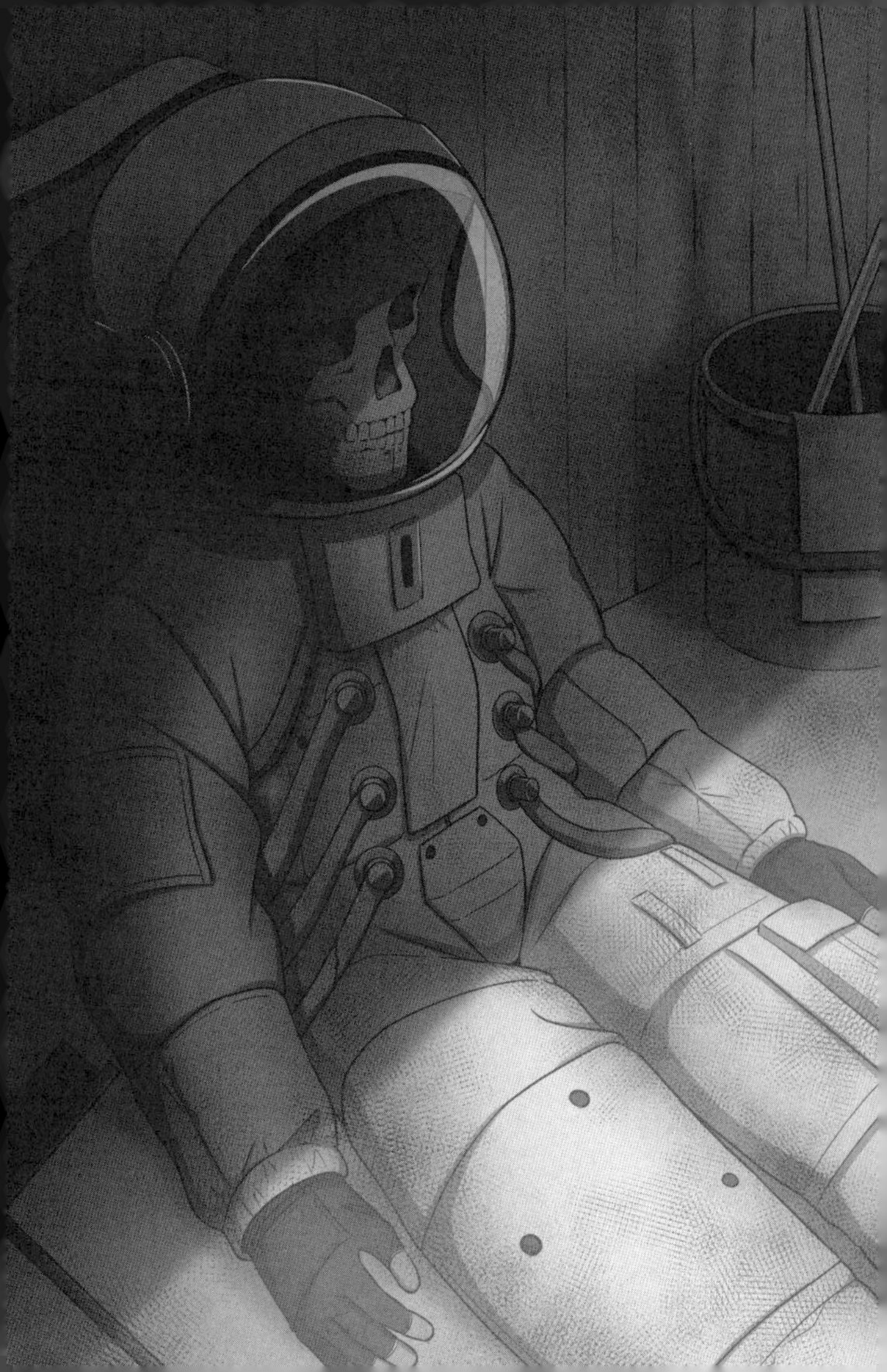

スーツの形状は、月面で撮られた有名な写真のものと似ている。宇宙飛行士と聞いて思い浮かべる、極めてオーソドックスなデザインだ。死体と言い切れるのは、ヘルメットのシールド越しに見えるその顔が、どう考えても生きていない状態だったからだ。

「骨……?」

一緒に物置を覗《のぞ》き込んだ紗季《さき》が、俺の隣でつぶやいた。

そう。ヘルメットの向こうにあるその顔は、完全に白骨化していた。

少し茶色がかった、絵に描いたような頭蓋骨だ。

「骨だね……宇宙飛行士の」と俺は返した。

冷静ぶってはみたものの、内心はひどい混乱状態だ。

せめてもの救いは、死体の皮膚を見ずに済んだことだろうか。ヘルメットの向こうにある頭蓋骨は、生々しい人間らしさの大部分を失い、そのおかげで正視することができた。それでもそこには、かつて生きていたという時間の重みというか、言葉にできない超常的な存在感がある気がした。

解体が迫る旧校舎の物置に、宇宙飛行士の死体がある。

なぜだ? そこでふと、ある可能性が頭をよぎった。

まさかと思って振り返り、呆然《ぼうぜん》とこちらを見ている宗太《そうた》と目を合わせた。お前が仕込んだ悪ふざけじゃないよな——と視線で詰め寄る。

宗太は小さく首を振り、困惑顔で告げた。

「いったん整理しよう」

その様子を見る限り、宗太も本気で驚いているようだった。いつもの芝居がかりが度を越し、たちの悪いイタズラでも仕掛けたのかと疑ったけど、そういうわけではないらしい。となれば、取るべき行動は分かり切っている。

「整理も何も、死体なんだから通報……いや、そもそも本物とは限らないか」

そうだ。こんなところに宇宙飛行士の死体があるわけがないのだから、本物だと思うのが間違っている。どれだけ奇妙な存在感があろうと、精巧な作り物に違いない。

「きっと偽物《にせもの》だよ」

半分は自分に言い聞かせるため、俺はそう告げた。

「ほら、俺たちだって呪いのお札をでっち上げただろ？　それのもっとこう、何倍も手の込んだバージョンっていうか」

「いや、でも……すごく本物っぽくないか？」

「確かによくできてる。でも本物のわけないだろ？　宇宙飛行士は物置で死んだりしない」

「あ……映画の小道具とかじゃない？」

そう指摘したのは紗季だ。彼女も困惑した様子ではあるけど、事態を冷静に見ようとしている。あるいは、そうすることで必死に平静を保っているのかもしれない。

「それだ！」と俺は同調した。「ここは色んな撮影に使われてる。何かの手違いで、小道具が置き去りにされたのかもしれない」

「だけど宇宙飛行士だぞ？　レトロな木造校舎でSF映画か？」

「そこはストーリー次第だって。あり得ない話じゃない」

「どんな話だよ？」

「知らないって！　でも小道具だって考えるほうが自然だろ？」

どうしても本物と思いたいのか、宗太《そうた》はなかなか引き下がらない。

そんな宗太のことを、紗季《さき》が険しい表情で見つめていた。この状況をどう受け止めるべきか、どう捉《とら》えるのが現実的か、判断がつかずに揺らいでいるような印象だ。

とはいえ、死体が本物だろうと偽物《にせもの》だろうと結論は変わらない。

「どっちにしたって通報するだけだよ。俺たちがどうこうする問題じゃない」

「通報したら僕らの不法侵入がバレる。受験の内申に響くかもしれないぞ」

「匿名《とくめい》で掛ければいい」

「ん……確かに」

宗太は不服そうに口を曲げた。

何をこだわっているのか分からないけど、このまま警察に任せるのも嫌らしい。

そして宗太は、意を決したように表情を強張《こわば》らせた。

「じゃあこう考えてみないか？」

大げさに両手を広げ、声色にも力が入っている。

初めの衝撃と戸惑いが去り、芝居がかりのスイッチが入ったようだ。

左手に握られたスマホが光の筋を放ち、明後日《あさって》の方向を照らした。

「旧校舎は夏休み中に解体される。僕らが今すぐ通報しなくたって、取り壊しの準備でどのみちこの死体は発見されるはずだ。違うか？」

「それはそうかもな」

「ならばだ！　それまでの間は、僕らで宇宙飛行士の謎を追ってみよう」

「なんでまた」

「忘れたのか？　僕らの青春は奪われたんだ！」

「またそれか……」

「僕には分かる。理久《りく》だって同じ気持ちのはずだ！」

熱のこもった声が、旧校舎の廊下に響き渡った。

相変わらずの馬鹿げた小芝居――のはずなのに、無視できない何かがそこにはある。演出力の賜物《たまもの》か、俺の心はわずかに揺らいでいた。得体の知れない宇宙飛行士の死体に、引きつけられている自分がいた。

そして宗太は朗々と語る。

「二度とはやって来ない、高校生活最後の夏！　解体寸前の旧校舎で見つかった、宇宙飛行士の白骨死体！　こんな機会は一生巡ってこないぞ！　僕らの夏を、奪われた青春を、このミステリーに託そうじゃないか！」

迫真の演説に気圧《けお》され、何秒か口を開くことができなかった。だけどその数秒が過ぎ、両手を広げて固まっている宗太《そうた》の姿が、急に滑稽《こっけい》に思えてきた。

俺は噴き出し、紗季《さき》も同時に声をもらした。

俺たちは視線を交わし、まあいっか、と笑い合う。

こういう時、馬鹿らしさは頭を冷静にしてくれる。

「なんか懐かしい」と彼女は言った。「そういえば宗太って、いつもこんな感じだったね」

「分かったよ、お前の勝ちだ」

俺は観念して宗太を見る。

実際のところ、本物の死体である可能性は低い。だったら少しの間、探偵ごっこに興じてみるのもいい。宗太の言うとおり、青春らしい想《おも》い出が作れるかもしれない。

「ただし、万が一宇宙飛行士が発見されないまま解体工事が始まったら、それはさすがに罪悪感っていうか、気まずい感じがするからな。解体直前に発見されてなかったら、その時は念のため通報しよう」

「じゃあタイムリミットは解体工事の日……いや」

宗太はあごに手を当て、眉間《みけん》にしわを寄せた。

「工事の前に、一般公開イベントがあるな。来場者が中を見学できる『見納め会』ってやつだ」

「へえ。そんなのあるんだ」と紗季が感心する。

イベント情報まで把握しているところを見ると、宗太は旧校舎の解体について以前から気にしていたのかもしれない。俺たちの想い出の場所がなくなると知り、最後に何かできたらと考えていたのだとしたら、やけに熱心だったのもいくらか納得がいく。

「『見納め会』は確か、七月三十一日だ」と宗太は告げる。

「じゃあそこがタイムリミットだな」

「ああ」

今日は七月十二日の水曜だ。来週の木曜が終業式だから、夏休みまでは約一週間。そこからさらに一週間半で「見納め会」当日となる。

合計すると、今日を入れて二十日間。それが俺たちの調査期間だ。

「それからもう一つ」

宗太は人差し指を立て、怪しい笑みを浮かべる。

「宇宙飛行士の彼だか彼女だかに、名前をつけておかないか」

「名前？」と俺は聞き返した。

「何かと必要だろ。いい候補も思いついてるんだ。理久《りく》、紗季《さき》、海外SF小説は読むか？」

「いや、小説は全然」

「私もSFはあんまりかな」

つれない返事に落胆したのか、宗太《そうた》は小さくため息をつく。

「じゃあ由来を説明しても仕方ないか。今度持ってくるから読むといい。漫画版もあるからな、理久にはそっちを貸してやる」

はあ……と俺たちは頷《うなず》いた。

「さっきからずっと引っ掛かってたんだ。この状況で、謎の宇宙飛行士に名前を付けるとしたら、彼《か》のマスターピースにちなまない手はない」

そして宗太は告げる。

俺たちの夏を大きく変える、哀《あわ》れな宇宙飛行士の名を。


「この死体は今から、『チャーリー』と呼ばせてもらう」


とんでもない偶然を運命と呼ぶのなら、確かにこれは運命的なのかもしれない。

怪談話のひとつも聞こえてこない旧校舎——そんな存在に不満を覚え、五年前の俺たちは呪いのお札を仕掛けた。
それとまさに同じ場所で、宇宙飛行士の白骨死体が見つかったのだ。
中学一年だったあの頃の俺たちは、これを聞いて歓喜するだろうか。

幕間

囚人《しゅうじん》は、霧深い樹海の底をさまよっていた。

どれだけの時間そうしていたのか分からない。

意識は薄れ、この世と、この世ならざる世界とを行き来するかのような、奇妙な浮遊感が囚人を包み込んでいた。

どこまでも続く樹木の海は、永遠を思わせる。

足元を這《は》う根は苔《こけ》に浸食され、薄れていく自身の意識を思わせる。


——こんな風に、最期《さいご》というのは境目なく訪れるのかもしれない。


そんな考えが頭をよぎり、囚人は死後の世界に想《おも》いを馳《は》せた。

そうだ。解放の先に、彼女がいるかもしれない。

たどり着いたそこで、彼女にもう一度会えるかもしれない。

囚人は湿った地面に腰を下ろし、樹木のひとつに背中を預けた。

脚を伸ばし、頭上に広がる林冠をぼんやりと眺める。

——気づけばもう、越境を果たしているのかもしれない。
——ここはもう、そうなのかもしれない。
消えゆく意識の中でそれは、とても冴《さ》えた考えのように思われた。
——だからきっと、もうすぐ彼女に会える。
最高の閃《ひらめ》きに笑顔を浮かべたその時、視界の彼方《かなた》に人影が現れた。
ぼんやりとした青いそれは、徐々に大きくなっていく。
囚人の存在に気づき、こちらに近づいてきているようだ。
——彼女にしては、大柄すぎる。
正体不明の青色の巨人は、まっすぐに囚人のことを見つめていた。

第一章　そこにハバース管はあるか

1

いつもどおりの自室で目覚め、いつもどおり身支度《みじたく》をした。仕事に出る父さんを見送り、朝日の差し込むリビング・ダイニングで母さんと一緒に朝食のハムトーストをかじり、テレビで流れているローカルニュースに目をやった。

解体寸前の校舎から、宇宙飛行士の白骨死体が発見されました！

なんてニュースが報じられるわけもなく、実際には、毎年恒例の夏祭りに関する話題が取り上げられている。

不思議な感覚だった。世にも奇妙な発見をしたというのに、それを知っているのは自分たちだけなのだ。ニュースを伝える報道番組も、向かいの席でアイスコーヒーを飲んでいる母さんも、〝チャーリー〟の存在を知りはしない。

いつもどおり流れていくすべての底で、圧倒的な何かがうごめいている感覚。何かが始まったんだという興奮と、これからどこへ向かうんだろうという困惑——そんな胸の高鳴りが、俺にあることを自覚させる。

実のところ、俺はあの骨が本物であってほしいと願っているのかもしれない。本物のわけがないと理性的なポーズを取りながら、心の底では結局、謎の死体をめぐる冒険にワクワクしているのだ。

「ねえ」

ふと思いつき、俺は母さんにたずねてみた。

「SF小説の『星を継ぐもの』って読んだことある？」

「なに、青から突然」

母さんはたまに、奇怪な言い回しをさも当然のように使う。長年親子をやっているからもう慣れたけど、これは母さんが在宅で英日翻訳の仕事をしていることと関係していて、要するに英語のイディオムを直訳して使っているのだ。中でも〝青から突然〟は頻出フレーズで、「青天の霹靂」にあたる「out of the blue」という表現を母さんなりに日本語化したものらしい。

で、そんな母さんなら海外の小説もよく読んでいるし、宗太《そうた》が昨日言っていた、チャーリーという名前の元ネタを知っているかもしれないと考えたのだ。

「面白いって聞いたからさ、どんな話なのかと思って。チャーリーって宇宙飛行士が出てくるらしいんだけど」

「ああ」と母さんは頷《うなず》いた。「舞台は人類が宇宙に進出してる近未来なんだけどね。月面で宇宙服を着た骨が発見されて、それがチャーリーって名付けられるの。でもその骨をよく調べたら、何万年前だかの死体だってことが判明しちゃって。そのころ人類は石器時代とかだから、なんでそんな古い死体があるんだーって大騒ぎになるわけ」

「え、それでどうなるの」

「頭のいい学者たちが集まって、みんなで議論する」

「それだけ?」

「ざっくり言うとね。あ、いま地味そうとか思ったでしょ」

「いや……まあ、ちょっと」

「それでも面白いのがすごいんだから」

母さんはそう締め、残っていたハムトーストのかけらを口に放り込んだ。

なんとなく聞いてみたけど、母さんは『星を継ぐもの』を評価しているらしい。宗太《そうた》もマスターピースだとか言っていたし、面白い作品であることは間違いなさそうだ。

「で、そのチャーリーは結局なんだったの」

話のついでにたずねてみると、母さんは不可解そうに目を細めた。

「それを言っちゃったら面白くないでしょう」

「いや、俺はネタバレ気にしないから――」

「ダメダメ。お母さんはね、ネタバレに無配慮な人間が何より嫌いなの。だから自分でも絶対にしない。まして『星を継ぐもの』なんて、傑作中の傑作なんだから。ちゃんと自分で読まないと。ネットで調べるのもなし。分かった？」

「はい……」

「理久《りく》も気をつけるのよ？　ネタバレに無配慮な人間になんてなったら、お母さん悲しくなっちゃうから」

母さんはそう言って席を立ち、食器を持ってシンクのほうへ向かった。

残された俺は、ネタバレに配慮することを肝に銘じた。

2

チャーリーをどこかへ運び出すわけにもいかないため、俺たちは昨日、可能な限り写真や動画を撮影し、資料を共有しながら調査を開始した。何をどう調べるかについては、チャーリーの謎を三つに分割し、それぞれの担当を決めることにした。

①あれは本当に人間の骨なのか？
②宇宙服は本物なのか？
③なぜ旧校舎にあったのか？

①の骨は俺、②の宇宙服は紗季《さき》、③の旧校舎は宗太《そうた》の担当になった。
俺が骨担当なのは、立候補したからだ。思い上がった勝手な気遣いかもしれないけど、死と密接に関わる事柄は、紗季に回すべきじゃない気がした。だから真っ先に①を引き受け、流れで紗季が②になった。宗太は余った③を引き受けた形になるけど、結果的には適任に思える。

それは宗太が演劇部員だからだ。

チャーリー小道具説が有力な今、真っ先に行うべきは、旧校舎で撮影された映像作品の洗い出しだった。その中に宇宙飛行士が登場する話さえあれば、一気に真相にたどり着ける可能性がある。演劇と一緒くたにすると怒られるかもしれないけど、俺たちの中でドラマや映画に一番通じているのは宗太だし、担当者にふさわしいはずだ。

3

チャーリーのことが頭を離れず、午前の授業中はずっと上の空だった。

幸いだったのは、今が期末テストの返却期間だったことだ。結果に一喜一憂することはあっても、新しい内容を学ぶわけじゃない。間違った箇所の確認こそが重要なのだ、と反論されそうな気もするけど、正直、求められる集中力は普段の授業より小さかった。

夏休みまでの一週間は学校で会えるから、昼休みのたびに三人で集まり、調査報告会を開くことになっている。だからとにかく、昼休みが待ち遠しかった。

周りが答え合わせをする中、俺たちだけは、特別な謎に立ち向かっているのだ。

そんな風に考えて、この冒険にしっかり魅入《みい》られている自分を自覚した。

そうして迎えた昼休み。

人目につかない集合場所として選ばれたのは、演劇部の部室だった。

「ほんとに誰も来ないのか」

一階の角部屋にあるそこへ入りながら、目の前を行く宗太にたずねた。

「前にも言ったろ？　演劇部はただでさえ人数が少ないのに、自粛だなんだでずっと開店休業状態だ。部員どうし特別仲がいいわけでもないし、わざわざ昼休みに集まったりしない。おまけにエアコンが壊れてるからな。こんなところへ来る物好きはいないさ」

長細い部屋の奥にはホワイトボードが置かれていた。

中央には長机二つを合わせた四人掛けの席が作られている。

「なるほど」と頷《うなず》き、俺は席に着いた。

さらっと言っていたけど、中学時代から演劇部への憧れを口にしていた宗太だ。ふたを開けた結果がそれでは、やるせない気持ちもあるだろう。

かく言う俺は帰宅部だ。中学までは剣道をやっていたけど、制限の多い自粛期間にまで鍛錬《たんれん》を続ける情熱はなかった。型がきれいだと褒《ほ》められることはあっても、試合では特に強くもなかったし、未練はない。

「うわ、あつ……」

紗季《さき》が顔をしかめながら部室に入り、俺の隣にノートと筆箱を置いた。

そのまま座るのかと思ったら壁際へ歩み寄り、窓を開けようと手を伸ばす。窓の前には長机があり、小道具の燭台《しょくだい》やらハリボテの低木やらが並んでいて、少し開けづらそうだった。

「これでちょっとはマシかな」

外から入り込む空気を軽く吸い込み、紗季は席に着いた。

そこまでを見届け、宗太《そうた》が俺の向かいに着席する。

「さて。誰から始めようか？　僕からでもいいが、何か決定的な発見があるなら、その報告から始めるのが――」

「じゃあ一つ」と手を挙げたのは紗季だ。

前のめりな反応に少し驚いた。

ノートまで用意しているところといい、意外な熱心さだ。

「それじゃあどうぞ」と宗太が先を促す。

「宇宙服のこと少し調べてみたんだけどね。もし本物だとしたら、宇宙服って十億とかするらしいよ」

「十億!?」

　俺と宗太は同時に声をあげた。

「うん。ネットにはそう書いてあった。そもそも宇宙服にも色々種類があって、船内で着る与圧服ってやつと、船外活動用の装備とで色々変わってくるみたい。で、チャーリーが着てたのはどう見ても船外服だった。ほら、でっかいバックパックを背負ってたでしょ？　あそこに生命維持装置や通信装置が詰まってて、スーツの素材も特殊なものだったりするから、諸々《もろもろ》ひっくるめると億単位になるんだって」

「高価なものだろうとは想像できるが……」宗太はしみじみ告げる。「それにしても十億か。そこまでの額になると、宇宙服そのものが事件の発端《ほったん》にもなりそうだな」

「お金目当てで宇宙服の争奪戦が起こったたってこと？」と紗季。

「そういうことだ」

「でもさ、そんな何億もする貴重品が一着でも消えたら、大騒ぎになると思わない？　船外服が盗まれたとか消えたとかってニュースがないかも調べたんだけど、そういう話は見つからなかった」

「じゃあ」と俺はまとめる。「チャーリーの宇宙服は偽物《にせもの》の可能性が高い……？」

「ところがね。これを見て」

紗季《さき》はスマホを操作し、昨日撮影した写真の一部を拡大してみせた。

スーツの腰辺りに、白い生地の一部が盛り上がっている箇所がある。よくよく目を凝《こ》らしてみると、その盛り上がりが線を描き、小さな記号のようなものを形成していた。たんぼの「田」の右半分を曲線的に歪《ゆが》ませ、右下の四角から底辺を取り去ったような形状だ。

「なんだこれ」

宗太《そうた》がスマホを覗《のぞ》き込み、顔をしかめた。

「調べるのに苦労したんだけどね、企業のロゴだった。イースト・ラネル繊維って会社みたい」

「そうか」と俺は身を乗りだす。「イーストの『E』とラネルの『R』をくっつけたマークか。つまりその会社がスーツを作った。そこまでたどり着けば、芋《いも》づるで色々分かりそうだけど」

「うん。静岡に工場がある結構大きな会社みたい。で、ここからが一番の大ネタ」

「お、なんだなんだ？」

宗太も身を乗り出し、期待を寄せる。

そして放たれた大ネタは、期待を上回る内容だった。

「なんとこのイースト・ラネル、政府の宇宙開発事業に関わってる」

紗季はスマホを操作し、何かのウェブサイトを表示させた。

新たな宇宙服の研究開発プロジェクトが始動したことを受け、提携企業が発表されたという
ニュース記事だ。その中でずばり、宇宙服の素材開発に携《たずさ》わる企業の一つとして、イースト・

ラネル繊維の名が記載されていた。

「おいおい……」とつぶやく宗太の顔が、抑えきれない興奮で満ちていく。「だったら本物確定じゃないか？　それらしさのためにNASAやJAXAのロゴをでっち上げるならともかく、繊維会社のロゴなんてわざわざ入れないだろ？」

「それだけじゃ断定できないって」

俺は突っ込み、結論に飛びつこうとする宗太を抑える。

「さっき話しただろ？　何億もする本物の宇宙服が消えたら、騒ぎになってなきゃおかしい」

「表沙汰《おもてざた》にできない理由があるのかもしれない。偉い政治家の息子が一枚噛《か》んでるとか、国民には伏せられてる極秘プロジェクトが絡《から》んでるとか。よくある話だろ？」

「フィクションではな」

自分たちが壮大な陰謀《いんぼう》の渦中にあるとでも思いたいのか、宗太はどうも話を大きくしたがる。

すると紗季が手を挙げ、新たな提案をした。

「じゃあさ、本物か調べるために聞き込み調査へ行くっていうのはどう？」

「イースト・ラネル繊維にか？」と宗太が返す。

「うん。工場は静岡だから、日帰りでなんとかなるんじゃないかな。そんな上手《うま》くいくか分からないけど、従業員の誰かと話ができれば、何か摑《つか》めるかも」

「ふむ」と宗太は頷《うなず》いた。「何をどう聞くかが難しいところだが、確かにそれもアリだな。よし、ここはひとまず、遠征調査も視野に入れておこう」

本物らしい繊維会社のロゴが見つかった一方で、何億もする宇宙服が人知れず旧校舎に転がっているとも考えにくい。結論は見えないものの、紗季《さき》からの報告はひとまず区切りがついた。

次は俺の番だ。

正直言って、紗季のような大きな発見はなかった。資料としてチャーリーの写真や動画は山ほど撮影したけど、それを凝視《ぎょうし》したところで何かが分かるものではない。

「あの骨が本物なのかどうかだけど……」

俺はスマホを取り出し、昨晩作ったメモを見ながら説明する。

「確認方法を調べてみた。ネットですぐに見つかったのは、DNA鑑定だね。商売として存在してるものだから、料金さえ払えば調べてもらえる。だけど当然、サンプルが必要になるし、目的も説明しなきゃならない」

「目的って、普通は親子鑑定とか?」と紗季がたずねる。

彼女はノートを開き、律儀《りちぎ》にメモを取りながら話を聞いていた。

「そうだね。嘘《うそ》の事情をでっち上げて依頼することもできるだろうけど……第三者を絡《から》めるのは得策じゃないと思う」

「まあ、それはそうか……」

さすがの宗太《そうた》もこれには頷《うなず》き、慎重な意見に理解を示した。

　俺は説明を続ける。

「それ以外だと、たとえば警察が人骨らしきものを発見した時は、法医学教室ってところに鑑定を頼むらしい。そういう時はDNA鑑定までしなくても、専門家が見れば分かるっていうか、顕微鏡とかで分析するっぽいね。骨には血管の通り道になってるハバース管って穴があいてて、その穴の太さとか密度とかで、人間の骨か動物の骨かを見分けるらしい。俺たちの場合、そもそも骨なのかを確かめたいだけだから、ハバース管の有無だけでも調べてみる価値はあるかも。そのためにはもちろん、分析するサンプルが必要だけど」

「サンプルって、あの骨を少し削って持ち出すとか？」と紗季。

「わざわざ削らなくたって、スーツの中をよく見れば、欠け落ちた破片とかがあるんじゃないかな。カサカサした感じだったし、どこかしらポロッといってそうじゃない？」

　昨日見たあの骨は、下手に動かせば崩れてしまいそうな印象だった。

　であれば、すでにその一部が欠け、スーツ内に散乱していてもおかしくない。

「うん……私たちだけで調べるなら、その方法が現実的かもね。となると、もう一度旧校舎へ行って、サンプルを採取してこないと……あと顕微鏡も必要か。理科室にあるよね？」

　これには宗太が答えた。

「普段は準備室にしまってある。理科準備室はセタケの部屋みたいになってるから、勝手に使うのは無理だろう」

セタケというのは理科教師、佐竹学《さたけまなぶ》の通称だ。

背丈が一九〇センチ近くあるから、佐竹をもじってそう呼ばれている。

「でも演劇部の顧問でしょ？　小道具で顕微鏡を使いたいとかなんとか言えば、貸してくれるんじゃない？」

「まあ……頼んでみる価値はあるな」

今は四十代の理科教師だけど、セタケは若い頃、その背丈を武器にして俳優をやっていたと聞いたことがある。そんな経験から演劇部の顧問を買って出たらしいから、開店休業状態とはいえ、セタケと演劇部員との距離感は近いのかもしれない。

「分かった。そこは僕から相談してみよう。となると、骨の件は具体的に動けそうだな」


——そこにハバース管はあるか。まず確認すべきことが定まった。


最後は宗太《そうた》の番だ。

担当は、旧校舎と宇宙飛行士の関連を探ること。かなり漠然としたテーマだけど、まずは旧校舎がロケ地に使用された映像作品を洗い出し、宇宙服が登場するものがないか確かめることになっていた。

「結論から言うと、怪しい情報は見つからなかった。旧校舎で撮影された作品をネットで調べてみたが、やはり普通の学園ものがほとんどだ。宇宙服が出てきそうな話は見当たらない。とはいえ、全部見て確認したわけじゃないからな。もしかしたら終盤にトンデモ展開があって、一気にSF化するものがないとも限らない。だから一応、リストを作ってきた」

宗太はスマホを机に置き、メモを表示して俺たちに見せた。

旧校舎がロケ地として使われた映像作品の一覧だ。

「そっか、MVもあるんだね」と紗季《さき》が感想をこぼす。「奇抜さを狙って『木造校舎に宇宙服』、なんて案外ありそうじゃない？　時間も短いだろうし、ネットで見れるやつは片っ端から確認してみようか」

「ああ、僕も同じことを考えた。三人で集まって、鑑賞会を開いてもいいかもな」

「しかし結構な数だね」

俺はリストの項目をざっくり数えてみた。

「映画が十五本。残り十五ぐらいがドラマとMVか……」

「写真集もありそうじゃない？」と紗季が指摘する。

「あ、それは盲点だった」宗太は頷《うなず》き、ぽりぽりと頭を掻《か》いた。「こりゃあ追加調査が必要だな。とりあえずはこのリストで観たことがあるやつを仕分けしよう。宇宙飛行士が出ないと分かってるやつを除外してくんだ。僕が視聴済みなのは『邪念』、『ナイフエッジ』、『野生のアルパカは眠らない』、『風船時代』、『マレ・インプリウム』だな。どれも宇宙飛行士は出てなかった。あとは大昔に観たのがいくつかあるが、正直よく覚えてないからカウントはしないでおく」

「私はどうかな。内容覚えてるのだと、『邪念』と『ナイフエッジ』は観たね。確かに宇宙飛行士は出てなかった。あとはこれ……『カリンの空似』って聞き覚えあるかも。古い映画？」

「どうだったかな」

宗太《そうた》は机に置いていたスマホを取り、ネットで調べ始めた。

「ああ、これか。公開されたのは二千……十九年だ」

そこには一瞬、躊躇《ちゅうちょ》するような間があった。

二〇一九年――残酷《ざんこく》な〝運命〟が襲来した年。

当時中学二年だった俺たちは、あの出来事をきっかけに関係がぎこちなくなった。微妙な距離ができたまま四年の時が過ぎ、昨日やっと、元の関係に戻れそうなきっかけを得たのだ。それなのに、ただその数字を聞いただけで、部室内に微《かす》かな緊張が走った。

元に戻れそうだなんて、考えが甘かったかもしれない。

少なくとも俺はまだ、どんな態度を取ったらいいのか決められないでいる。

「ああ、なるほど！」

宗太が突然、やけに明るいトーンで言った。

スマホで映画のことを調べて、何か発見したらしい。

「この『カリンの空似』ってタイトル。〝他人の空似〟をモチーフにしてるから、それとかけてるんだな！」

ふんふんと頷《うなず》く仕草に、芝居臭さが漂っている。本当はそこまで感心していないのに、今しがた訪れた緊張をごまかすため、大げさに振る舞っているのかもしれない。

宗太はスマホを操作し、おそらくはさして興味のない、追加情報を解説する。

「人気が出だした頃の接知彩花《せっちあやか》が主人公のカリン役で、それからもう一人、接知彩花と顔が似てるって理由で、無名の新人が抜擢《ばってき》されてる。そっくりな二人のダブル主演が話題になったらしい」

「へえ。それで〝他人の空似〟か」と俺は反応する。

「あー、言われてみればニュースとかで話題になってたかも。でもやっぱ観てないや」

俺たちの緊張を感じ取ったのかは分からないけど、紗季《さき》はなんでもないように告げた。

数字ひとつで気まずさを感じるのは、さすがに過剰《かじょう》だったかもしれない。

「理久《りく》はどう？　何か観たことあるやつあった？」

俺は気まずさを振り払い、努めて平静に返事をする。

「ああ……まだ挙がってないのだと、ＭＶに知ってるやつがある。リストの最後の二つは観たことあるよ。どっちも宇宙飛行士は出てこない」

そうして視聴済み作品の確認が終わった。

宗太《そうた》が気を取り直すように咳払《せきばら》いし、話をまとめる。

「となると除外できたのは……全部で七個だな。残りで簡単に観れそうなやつは、僕のほうで情報をまとめておこう」

そして席を立ち、これまでのポイントをホワイトボードに書き留める。

①イースト・ラネル繊維、要調査（場合によって遠征）
②チャーリーの骨を分析→顕微鏡を要手配
③旧校舎登場作品の鑑賞会を開く？

「こんなところだな」

宗太は満足気にマーカーの蓋《ふた》を閉めた。

すると突然、俺の背後から思いもよらぬ声が響いた。

「ほーう？」

驚いて振り返ると、紗季《さき》が開けた窓の向こうに、身長約一九〇センチの理科教師が立っていた。窓枠に肘《ひじ》をつき、薄《う》っすらとヒゲの生えた顔を不敵に歪《ゆが》ませる。

「お前ら、そいつは夏休みの自由研究か何かか？」

4

唐突に現れたセタケこと佐竹学《さたけまなぶ》は、俺たちの報告会を盗み聞きしていたらしい。窓から部室を覗《のぞ》き込み、ホワイトボードに書かれた文字を興味深げに眺めている。

「イースト・ラネル繊維、要調査。場合によって遠征。チャーリーの骨を分析、顕微鏡を要手配。旧校舎登場作品の鑑賞会を開く……？」

俳優経験を匂《にお》わせる、張りと深みのある声。

俺たちはそれを、黙って聞いていた。

——これはまずい。

この件に大人が介入すれば、即通報の一択だろう。死体らしきものが発見されて、「じゃあお前たちで調べてみろ」となるわけがない。このまま俺たちを放置し、あとで大ごとになれば、教師であるセタケ自身の立場にも関わるはずだ。

ホワイトボード前の宗太に「どうする？」と視線で問いかけるも、宗太は表情を強張《こわば》らせ、小さく首を振るだけだった。隣の紗季は、セタケのほうを向いたまま固まっている。

「まったく意味が分からんな」

セタケはもっともな感想をもらした。

「チャーリーってのは、いったい何者だ？」

そして気まずい沈黙。

何か言わなければ――と焦《あせ》っていると、宗太《そうた》が勢いよく捲《まく》し立てた。

「犬です！　ご近所さんがチャーリーという犬を飼ってまして！」

無茶だ。

とっさの言い訳とはいえ、そのごまかし方は下手すぎる。

「じゃあなんだ、骨ってのはペットの遺骨か」

「はい……そうです」

「お前たちは、ご近所さんのペットの遺骨を顕微鏡で分析したいのか」

「ええまあ、そういうことになります……」

「なんでまた」

「ええと、これはその……いや、説明が難しいんですけど……」

セタケの尋問は続き、限界を迎えたらしい宗太がこちらを見た。

メガネの奥の目が、必死に助けを求めている。

――でも、どうしろっていうんだ？

この場を切り抜けるには、宗太がとっさに口走った「チャーリーは犬」という筋書きで押し切るしかない。俺たちはどういうわけか、ご近所さんからペットの遺骨を託され、それを顕微鏡で分析したがっている。

──どうすればそんな状況に説明がつく？

俺は頭をフル回転させて、合わせるべき辻褄《つじつま》を無理やりにでも合わせようと試みた。

「まあ、簡単に言うとですね……」

俺は窓のほうを向き、外に立つセタケに話し始めた。

こうなったら、しゃべりながらでも経緯をでっち上げるしかない。

「近所の老夫婦の旦那《だんな》さんが、最近亡くなったんですよ。それで……ええと、奥さんが遺品を整理していたら、見覚えのない奇妙な箱が見つかりまして。そしたらその……箱の中から一枚の古い写真と、骨の一部のような小さな欠片《かけら》が出てきたんです。その写真は……旧校舎の前で撮影されてまして、ああ……柴犬を抱いて笑顔を浮かべている、二十代か三十代の頃の旦那さんが写っていました。だけど奥さんは、それがどんな機会に撮られたのかも、柴犬のことも……まったく知らなかったんです」

「ほう」

「そして写真の裏には、『チャーリーとの想《おも》い出に』と走り書きされていました。それで……それを見た奥さんは、写真の柴犬がチャーリーという名で……ええと、一緒に収められていた謎の破片はその遺骨かもしれない、と考えたんです」

「ふむ」

「旦那《だんな》さんは近所でも有名な頑固者でしてね。写真のような笑顔は、誰も見たことがありませんでした。だからきっと……柴犬のチャーリーは、旦那さんにとって特別な存在だったに違いないと、奥さんはそう考えたわけです」

「なるほど……?」

「旦那さんは生前……自分が死んだら、海に散骨してほしいと言っていました。奥さんもそのつもりで準備を進めていた最中のこの発見で、彼女はふとこう思ったんです。『チャーリーという犬が、彼にあんな笑顔をもたらす大切な存在なのだとしたら、その骨と一緒に散骨してあげるのがいいいんじゃないか』……と。だけどすべては推測に過ぎません。チャーリーが旦那さんにとって特別な存在じゃなかったら、一緒に散骨なんかしても迷惑なだけでしょう。

そこで僕らが調査することになったんです。まず、骨らしき欠片《かけら》が本当に骨なのかを確かめなくちゃならない。そのために顕微鏡が必要だと話してたんです! それからあの写真がいつ、どんな状況で撮影されたものなのか。チャーリーと旦那さんはどんな関係だったのか。それら諸々《もろもろ》の謎を解き明かすべく、みんなで作戦会議を開いていました!」

即興で話すうちに、自分の中で筋らしきものが見えてきていた。

話せば話すほど選択肢が狭まり、進むべき方向が限られてくるからかもしれない。一歩間違えば完全に破綻《はたん》していたかもしれない綱渡りを、なんとか渡り切った——と自分では思っているけど、セタケは果たして、この話に納得しただろうか。

鼓動が高鳴り、変な汗も流れている。

宗太《そうた》も紗季《さき》も黙り込み、「やったか……？」の空気で長い沈黙が流れた。

だけどセタケは、窓の向こうからなおも追及する。

「じゃあその一個目は？」

「え？」

「ボードの①だ。『イースト・ラネル繊維、要調査。場合によって遠征』……とあるが」

「それは、ええと……」

想定外の突っ込みに言葉が詰まった。なんとか着地できたと安心していたこともあり、頭が上手《うま》く回らない。それでも考えるしかない。今の話に、繊維会社を入れ込む余地はあったか？

思考が空回りし焦《あせ》っていると、すぐ隣から助け船が飛んできた。

「勤め先です！」

そう言ったのは紗季だ。

「写真には旦那さんの他にも何人か写ってて、もしかしたら仕事関係の集合写真かもしれない、って奥さんが言ってたんです！　だから……職場の人に聞けば詳細が分かるんじゃないかと」

「ふむ。じゃあ③は？『旧校舎登場作品の鑑賞会を開く』ってのは……待てよ。ここはオレが当てよう。そうだな。件《くだん》の写真の撮影時期を特定するのに、映画やドラマの映像が役立つと考えた……なんてのはどうだ？」

紗季《さき》の助け船に続き、今度はセタケ自身が辻褄《つじつま》合わせに加担してくれた。

この展開を面白く思ったのか、張り詰めていた紗季の表情が緩んだ。

そのままニコリと笑い、拍手のジェスチャーでセタケを讃《たた》える。

「さすが先生！　なかなかいい線いってます！　実はですね、写真の旧校舎には、今はないあれが……ええと、なんて言いましたっけ？　屋根の上とかに付いてて、風が吹くとニワトリがクルクル回る……」

もどかしそうに目を細める紗季。

だけどおそらく、名前を思い出せないのは演技だ。相手に答えさせることで、より積極的に嘘《うそ》に取り込むような、そんな効果を狙っている気がする。

「風見鶏《かざみどり》か」とセタケは答えた。

「そう、それです！　写真に風見鶏が写ってたんですけど、奥さんの話だと、旧校舎にそんなものが付いてた記憶はないって言うんですね。だからつまり……ごく限られた期間にだけあったのかもしれないわけです。ということは、何かしらの撮影用に設置された小道具かも、って話になりまして。それでその……風見鶏が映ってる作品さえ見つかれば、写真の撮影時期も特定できるんじゃないか……って話です！」

紗季がこちらを見て、ね？　と言うように小さく頷《うなず》いた。

俺は頷き返し、宗太《そうた》にも視線で合図を送った。

今度こそ話は着地した。結果的にこの場の全員が少しずつピースを持ち寄り、ありもしない経緯が一応の完成を迎えたのだ。

窓の向こうのセタケは眉間《みけん》にしわを寄せ、たっぷり間を置いてから告げた。

「しかし分からんな。なんでお前たちがそんな調査を請け負ってる。その奥さんはただのご近所さんなんだろ?」

これを引き受けたのは宗太だった。

宗太はすっかり安堵《あんど》した表情を浮かべ、自信たっぷりに宣言する。

「それはもちろん、僕らが探偵団を結成したからです!」

「探偵団……?」

セタケは片眉を上げ、どこか愉快そうに息をもらした。

「ま、そういうことなら理科室の顕微鏡を貸してやってもいいぞ? ただし条件が一つ。その時は問題の写真も持ってきてくれ。話を聞いてたら興味がわいてきた。オレもずっとこの町にいるからな。見れば何か分かるかもしれない」

5

セタケが去った窓の向こうを見つめ、紗季《さき》が気の抜けた笑い声をもらした。

「なんか、意外と上手《うま》く乗り切れちゃったね」

「まったく……どうなることかと思った」

ずっと立ったままだった宗太《そうた》が、俺の対面にへろへろと腰を下ろす。

「お前が『犬です！』とか言いだすからだろ」

「あれはひどかった」と紗季も頷《うなず》いている。

「仕方ないだろ！　とにかく何か言わなきゃと思ったんだ……」

「最後の『探偵団』もどうかと思う」と俺は追い打ちをかける。

「なんでだよ！　探偵団は別にいいだろ」

「まあでも……ちょっと楽しかったかも」

紗季がしみじみと告げ、じっくりと噛《か》みしめるような間があいた。

確かに、あの状況をどこかで楽しんでいる自分もいた気がする。

そしてそこには、懐かしい感覚があった。たとえば中一の頃、みんなで呪いのお札を作った時も、架空の心霊話を捏造《ねつぞう》して楽しんでいたのだ。あの時はこのメンバーともう一人、今は学校が違う筧華乃子《かけいかのこ》もいたのだけど。

まんざらでもない様子の宗太が、にやけ顔で告げる。

「しかし理久《りく》はファインプレーだったな。老夫婦だの散骨だの、僕にはとても思いつかない」

「そこはほら、『チャーリーは犬』ってきっかけがあったから。一から考えたわけじゃないし、紗季が引き継いでくれたうえに、セタケまで協力してたし」

「……え、でもどうする？」と紗季。「佐竹《さたけ》先生に写真見せないといけないんでしょ？」

「いやあ、サラッと難題を投げられたなあ……」

俺はため息をついた。

まさに一難去ってまた一難というやつだ。

「そう悲観するな」と宗太が気丈に応じる。「少なくとも顕微鏡を借りるアテはできた。ここはセタケの要求に応えて、正面突破といこうじゃないか」

「そうは言ってもどうする？　旧校舎で緊急撮影会でも開くのか？　柴犬も調達しなきゃならないし、色々無茶だ」

「それについては一つ考えがある」

宗太はスマホを操作し、何かを開いてから画面を見せてきた。

そこに表示されていたのは、短文投稿型ＳＮＳのプロフィール画面だ。

筧華乃子@*KanokoKakei*
現役高校生・捏造系アーティスト／最新モキュメンタリーシリーズ『*Edge Case Scenario*』公開中／取材・お仕事の依頼はＤＭまで

6

一時はどうなることかと思ったけど、チャーリーをめぐる調査は確かに動きだしていた。俺は結局、その後の授業も上の空でやり過ごし、昨日からの一連の出来事についてばかり考えていた。

分子構文の話も、波動力学の話も耳に入ってこない。

俺の頭にあったのは、真っ暗な物置で死んでいた宇宙飛行士のイメージだ。

それが本物であれ偽物《にせもの》であれ、そこから始まった冒険は確かに動きだし、今度は華乃子《かのこ》を巻き込もうとしている。懐かしのメンバー四人が、奇妙な縁で再び繋《つな》がろうとしているのだ。

――運命って何?

夜の駐車場で聞いた紗季《さき》の言葉が、繰り返し頭の中に響いていた。そうして俺は、みんなが大好きなシュレディンガー方程式にまつわる先生の雑談を聞き流した。

7

華乃子は現在、三狛江《みこまえ》を拠点に活動する〝捏造《ねつぞう》系アーティスト〟としてちょっとした有名人になっている。フェイクであることを前提にした映像、写真、イラストや立体物をＳＮＳで発信し、五万人近いフォロワーを集めているのだ（それが多いのかどうか、いまひとつ分からないけれど）。心霊映像や架空の動物の骨格標本で話題を呼び、つい最近は、九十年代に目撃情報があったという、謎の機械生命体に関するモキュメンタリーシリーズ『Edge Case Scenario』で人気を博している。

そんな彼女は俺たちとは別の高校に通っていて、いつの間にやら連絡先も変わってしまっていた。だけどそこはネット時代だ。個人的な連絡先が分からなくても、ＳＮＳ経由で接触することができた。彼女のアカウントに宗太《そうた》がメッセージを送り、放課後に会う約束を取り付けたのだ。まさか連絡した当日に会えるとは思わなかったけど、チャーリーの件にはタイムリミットがあるのだし、話が早くて困ることはない。

放課後に駅方面へ向かい、宗太と一緒に待ち合わせ場所のファミレスへ赴《おもむ》いた。紗季は予備校があり、あえなく不参加となっている。華乃子と会うのは中学卒業以来だ。今となっては連絡先の変更も知らせない距離感なわけで、再会にはそれなりの緊張が伴った。

「いや、唐突すぎて緊張もクソもなかったから」

制服姿の華乃子は、明るく染めた髪をお団子にし、首にはゴツいヘッドホンをかけ、ゲラゲラと豪快に笑っている。相変わらずの飄々《ひょうひょう》ぶりで、常に風呂上がりのような雰囲気《ふんいき》を漂わせているのも昔のままだ。

彼女のくだけた様子に安心したのか、宗太《そうた》は正直な心境を吐露《とろ》した。

「連絡先は変わってるし、いつの間にか有名人になってるし、こっちとしては声かけづらかったんだって」

「ゴメンゴメン。ちょっとヘマしてさ、スマホが粉々になってデータ全部消えちゃったんだよね。他意はないから安心して」

「何したらスマホが粉々になるんだよ」と俺は突っ込んでおく。

「まあ色々無茶やってね。てか、あたしの武勇伝はいいから、そっちの話を聞かせてよ。唐突に『頼みたいことがある』なんて言われたら、ハードルかなり上がってるからね？」

挑戦的な言葉を受け、宗太がこちらに視線を送る。

その顔には愉快そうな笑みが浮かんでいた。

まあ、ハードルの心配は要らないだろう。俺たちが彼女に持ちかけようとしているのは、普通に暮らしていたら到底めぐり合えない、圧倒的に奇妙な冒険への誘いなのだから——

「中一の頃、みんなで旧校舎へ行っただろ？」

宗太はまず、そこから切り出した。

「心霊話の一つもない三流旧校舎に、呪いのお札を仕掛けてやろう、って」

「ハジョウメイコク、エッサボクセツ」

彼女が謎の言葉を唱え、俺たちはキョトンとした。

「え？」

「え、じゃないでしょ。呪詛《じゅそ》の言葉！　忘れちゃったの？」

俺たちが思い出そうとして断念した、呪いのお札の文言だ。

間髪入れずに出てきたものだから、それと認識するのに時間が掛かった。

ハジョウメイコク、エッサボクセツ……

言われてみれば、確かにそんな響きだったかもしれない。

「よく思い出せたな」と宗太《そうた》が驚きを隠せない様子で告げた。

「リメイクしたからね。ちょっと待って」

華乃子《かのこ》はスマホを取り出し、手元で操作を始めた。粉々になったという先代の反省からか、耐衝撃型のやたら無骨なスマホケースを使っている。

「ほら」と彼女が画面を見せてきた。

そこには、いかにも古めかしい風合いの深紅のお札が映っていた。

破条鳴刻
越査朴摂、

筆で書かれたその文言は、確かに〝呪詛の言葉〟だった。四人でアイデアを出し合い、最終的に華乃子が清書した、それっぽいだけで特に意味のない文字列——なのだけど、物体としてのクオリティが当時のものから格段に上がっている。重厚な紙の質感、繊細《せんさい》さとおどろおどろしさを備えた筆致、古めかしさを醸《かも》し出す劣化加工。中学一年の俺たちにはできなかったことを、現在の全力でやり直したような印象だ。

「すごい……」と思わず声が出た。「でもなんでこれを？」

「んー、なんだろう。あたしが今やってる捏造《ねつぞう》系アーティストっていうのはさ、元をたどればあのお札に端を発してる気がするんだよね。だからこう……節目節目にっていうか、何か新しい技術を身につけるたびに、あのお札に反映させたくなるんだ。ほら、まったく同じ構図で毎年写真撮る親子とかカップルとかいるじゃん？　あんな感じ」

「そっか。分かったような分からないような……」

華乃子には昔から読めないところがあった。

今日、久々に連絡してみたら勢いよく食いついてきたのもそうだ。距離を置かれているのかと心配していたらそんなことはなく、呪いのお札に関しては、なんなら俺たちの誰よりも強く想《おも》い入れを持っているようだった。

「で、何？　あのお札がどうかしたの？」

「実は昨日な」と宗太が語りだす。「呪いのお札がまだあるのか気になって、僕と理久《りく》と紗季《さき》で旧校舎へ忍び込んだんだ」

そうして俺たちは、食事をしながらひと通りの経緯を説明した。呪いのお札を探しに行ったはずが、宇宙飛行士の白骨死体を発見してしまったこと。七月末の「見納め会」をタイムリミットに、死体の正体を探ってみようと決めたこと。調査報告会を教師に聞かれてしまい、とっさに言い訳をした結果、〝存在しない写真〟を用意しなければいけなくなったこと。

驚きの連続だったであろうその説明を、華乃子《かのこ》は黙って聞いていた。

興味を引かれているのは表情で分かる。彼女は興奮すると目を大きく見開き、元から目力が強いのも相まって、少々猟奇的な雰囲気《ふんいき》を醸《かも》し出すのだ。久しぶりにそれを見て、やっぱり華乃子は華乃子のままだと実感した。

案の定、彼女は迷うことなく協力に同意し、より具体的な話が始まった。

「つまり、旧校舎の前で撮影された、オッサンたちの集合写真を捏造《ねつぞう》すればいいの？」

「ああ。それと、集団の一人は柴犬を抱えて笑ってる」

宗太《そうた》が補足し、二人の間で細かな確認が続く。

「了解。他には？」

「旧校舎の屋根に、風見鶏《かざみどり》を付ける必要がある」

「それはどうってことないね。テキトーな画像拾ってきて貼っつければいい」

「じゃあ問題は人間か」

「うん。でもその場しのぎでいいわけでしょ？　だったらこっちも、適当な素材を組み合わせてでっち上げれると思う。大写しにしたいわけじゃないし、四十年前だか五十年前だかの写真に見せたいんなら白黒でいいし、画質も落とせるし、充分ごまかしが利《き》く」

「そんなことができるのか」

「できそうだからあたしを頼ったんでしょ？　それぐらいなら全然いける」

「じゃあつまり、ネットや何やで集めた素材を、上手《うま》いこと嵌《は》め込んで作るわけか」

「基本的にはそうだね。素材の馴染《なじ》ませ方が腕の見せどころだけど、そこはまあ、いつもやってることだから任せなさい」

「モノとしてはどうする？　画像としてはともかく、実際の『古い写真』にしなきゃならない」

「印刷した現物にも汚しをかける。さっき見せた呪いのお札と似たような話だね」

「分かった。時間はどのぐらい掛かる？」

「他にも予定があるから少し掛かっちゃうけど、まあ二、三日あれば」

「なるほど。それはすごく助かる」

というわけで、華乃子への写真捏造依頼は完了した。

明日が金曜だから、週末の間に完成品を受け取り、週明けにセタケのところへ行く流れか。

少し間が空くのはもどかしいけど、これぱかりは仕方がない。

「ありがとう。やっぱ華乃子《かのこ》は頼りになる」

俺からも感謝の気持ちを伝え、話は一段落——と思ったその時。

「それじゃ、あたしのお願いも聞いてくれる？」

「え……？」

彼女はこれでもかと目を見開き、少々猟奇的な雰囲気《ふんいき》で告げた。

「宇宙飛行士の白骨死体、あたしも見たい」

8

父さんの転職に伴い、うちの家族は三狛江《みこまえ》へ越してきた。

俺が小五の時のことだ。

それまでの人間関係をリセットし、小学校高学年から転入生としてやり直すのは、それなりに大きな出来事だった。両親はそのことに負い目を感じているようだったけど、特に恨みを抱《いだ》いたことはない。やむを得ないことだったと理解していたからだ。

小学校高学年ともなると、すでにいくつもの友達グループが形成された状態なわけで、そこに突然やって来た俺の存在は、異質なものだったと想像できる。いじめだとか、あからさまな悪意を向けられたわけではないけど、居場所の定まらない新参者に対し、探り探りの微妙な距離感が漂っていたのをよく覚えている。

気さくに声はかけても、深く踏み込むことはしない。

そんなクラスメイトがほとんどのなか、極めてナチュラルに接してくれたのが早坂紗季《はやさかさき》だった。彼女との最初のやり取りはよく覚えている。

転入から一週間ほど経《た》った、ある日の昼休みのことだ。

話題の転校生として、なんだかんだ話し相手が途絶えなかった旬の時期が過ぎたのか、そのとき俺は、窓際の席でぼうっと外を眺めていた。


「まだ友達いないんでしょ」


なんて、無神経に聞こえかねない言葉をかけてきたのが紗季だった。その時点の印象としては、いつも日記帳のようなものを持っていて、そこによく絵を描いている女子──というぐらいの存在だった。

彼女は俺の前の席を拝借し、窓に背を向ける格好で話を続けた。

「仲いい子が今日は休みだから、私が話し相手になるよ」

「ええと……」

「なんでこんなド田舎に引っ越してきたの？　親の転勤とか？」

それは、ずっと聞かれると思っていたのに、案外誰からも聞かれなかった質問だった。小学生とはいえ五年生だ。〝家庭の事情〟に無闇に立ち入るべきじゃない、という意識がすでにあって、クラスメイトたちはその話題を避けていたのかもしれない。

そんな領域に自然と入ってきたのが紗季《さき》だった。

実際、無神経な発言なのかもしれない。

けど、嫌な気分は一切しなかった。

「父さんが前の会社ですごく嫌な目に遭って、こっちで新しい仕事を始めたんだ」

「じゃあ転勤じゃなくて転職だ」

「うん」

「かわいそうだね、お父さん」

「うん」

「じゃあ私も一緒に、悲しんであげる」

放たれたその台詞《せりふ》と、彼女の横顔を鮮明に覚えている。

一緒に悲しむだなんて、自分にはなかなか言えないことだと思った。とても抽象的で、どれだけ本気でそう思っていても、偽善っぽく響きそうで怖くなる。

それなのにあの時の紗季は、気遣いや同情というわけでもなく、ただ素朴《そぼく》な優しさからそう言っている感じがした。言い方なのか、立ち振る舞いなのか、これと断定できない彼女の雰囲《ふんい》気《き》そのものに、そう思わせる何かがあったのだ。

だからこそ俺も、話題の転校生としての気張りを捨て、素朴な言葉を返すことができた。

「父さん、こっちで元気になるといいな」

「そうだね。元気になってほしいね」

当時は詳しいことを知らなかったけど、後から知り得た情報を繋《つな》ぎ合わせると、父さんに降りかかった〝すごく嫌な目〟というのは、いわゆるパワハラだったらしい。精神的に参ってしまった父さんは会社を辞め、心機一転のために母さんの実家がある三狛江《みこまえ》方面へ越してきたのだ。この判断が功を奏したのか、現在の父さんは心身ともにすこぶる健康そうで、耐候性に優れた特殊な塗料の製造会社に勤めている。


そんなやり取りの数日後、宗太《そうた》と華乃子《かのこ》を俺に引き合わせたのも紗季だった。

総合学習だったか社会科だったか、授業の課題で四人組を作ることがあったのだ。「私たちの生活を支える仕組み」について調べ、グループごとに発表するという内容で、元から組んでいた紗季と華乃子に声をかけられ（初めての会話で言っていた「仲いい子」が華乃子だったのだ）、あと一人は男子がいいよね、という理由で宗太が連れてこられた。

俺たちは災害を防ぐための仕組みとして、埼玉にある首都圏外郭放水路《しゅとけんがいかくほうすいろ》という地下施設のことを調べて発表した。周辺の川が洪水になった際、その水の一部を余裕のある江戸川に流すことで水害を軽減するという施設だ。その中でも、地下水路の勢いを整える調圧水槽と呼ばれるセクションは、サッカーグラウンドが収まる巨大地下空間に高さ十八メートルもの柱が立ち並び、荘厳《そうごん》な佇《たたず》まいから「地下神殿」の異名を得ている。

初めは課題だからと仕方なくやっていたけど、この地下神殿の画像を見るやいなや、俺たちはそのカッコ良さに魅了された。宗太《そうた》が「ここで戦ってみたい！」と目を輝かせ、「誰とだよ」とみんなで突っ込み、俺たちは徐々に打ち解けていった。

そして、まさにこの調圧水槽を見学できるツアーがあると知り、俺たちはそれぞれの親に連れて行ってくれと頼み込んだ。こうして実現した地下神殿への冒険は、家族ぐるみの旅となって親どうしの繋《つな》がりも生み、俺たちの仲はますます深まっていった。

9

ファミレスを出た頃にはすっかり日も沈んでいて、旧校舎は完全な暗闇に包まれていた。昨日と同じ窓から侵入し、俺たちは木造校舎の廊下を進んでいく。それぞれに掲げたスマホから光の筋が伸び、目の前をわずかに照らしていた。

「まさか二日連続で来ることになるとは」と宗太が笑う。

「そういえば昨日は紗季《さき》も一緒だったんだよね。紗季は最近どうなの？　元気にしてる？」

華乃子《かのこ》がカジュアルにたずね、宗太が曖昧《あいまい》に答えた。

「まあ、元気そうは元気そうだな」

「ちょっと宗太、何その言い方。含みを感じるんですけど」

「いや……僕らも昨日、久々に絡《から》んだからな。最近どうなのかと聞かれると、そこまでよく知らないというか」

「そうなんだ？」と華乃子は意外そうにする。「元どおり仲良しなのかと思ってた。それってやっぱ、あのこと、があったから？」

「ああ……千穂姉《ちほねえ》の事故からずっと、微妙な距離ができたままだ」

やっとその名前が出たのは、紗季がこの場にいないからだろう。

千穂姉というのは、紗季の姉、早坂《はやさか》千穂のことだ。俺たちが中学二年の頃、三狛江《みこまえ》高校の一年生だった千穂姉は、かなり特殊な事故でこの世を去った。

彼女のことを想《おも》ってか、宗太は神妙な調子で続ける。

「元に戻るタイミングを見失ったというか……自粛期間だなんだで、単純に会う機会も減ったからな。別に紗季と気まずい感じだとか、そういうわけじゃないんだ。話せば普通に話せる分、何をどう元に戻したらいいのか分からなくなる」

吐露《とろ》された心情は、俺が感じていることと共通していた。

表向きは普通に接することができるし、昨日からの一連の出来事で、距離が縮まっている気もする。だけどそれだけだ。俺たちの間にはまだ、埋められていない何かがある。それをどうしたらいいか分からなくて、足踏みをしている。

「ふうん」

華乃子《かのこ》は口を尖《とが》らせ、どこかつまらなそうに言った。

「なんか寂しいね。ま、別の高校に行ったあたしがどうこう言えたもんじゃないけど」


やがて俺たちは階段下へ到着し、チャーリーとの再会を果たした。

物置の扉を開け、壁に寄りかかっているチャーリーをライトで照らす。

二畳ほどの空間に、昨日と変わらず圧倒的な異様が佇《たたず》んでいる。

「うわ……」

さすがの華乃子も言葉を失い、ただただチャーリーを凝視《ぎようし》していた。

「話したとおりだろ?」と宗太《そうた》が誇らしげに言う。

「……ほんとに宇宙飛行士だ」

華乃子はスマホのライトをヘルメット部分に当て、中にある頭蓋骨を観察した。

「うーん。けっこう本物っぽいけどねえ……あ、そこ！　目の下のところ見て」

あごをクイッと動かし、彼女が注目を促す。

「左の頬骨《ほおぼね》に欠けてる箇所があるでしょ。あの部分が落ちてたら、顕微鏡で見るサンプルにちようどいいんじゃない？」

「なるほど」

せっかく旧校舎へ行くなら、ついでに骨のサンプルを回収しようという話になっていた。

宗太がチャーリーに近づき、ヘルメットを斜め上から覗《のぞ》き込む。何度か角度を変えながら観察し、骨の破片が落ちていないか確認する。

「それっぽいのがあったぞ。ほら、今ライトを当ててるとこだ」

そう促され、俺もチャーリーに近づいた。

中腰になっている宗太と華乃子の後ろに立ち、ライトで照らされたそこを覗き込む。

スーツ内は隙間《すきま》が少なくてよく見えないけど、チャーリーは灰色の防寒インナーのようなものを着ていた。その首の辺り、生地がよれてできたしわの隙間に、何かの塊が見える。

「ほんとだ。ヘルメットさえ外せれば、簡単に回収できるかも」

「でも外れるのか、これ」

「試してみるしかない」

道中のコンビニで調達したビニール手袋をはめ、俺たちは作業を開始した。

華乃子にスーツの首元を照らしてもらい、俺がまずヘルメットとスーツの接合部を探ってみた。接合部は首周りをぐるっと囲む金属製のリングになっていて、その一部にスライド式のロック機構のような箇所がある。

下手な刺激を与えるとチャーリーの骨が崩れてしまうかもしれない。

そんな緊張の中で少しずつ力を加えると、カチッと小気味良い音が鳴り、ヘルメットがリングの溝に沿って回転するようになった。そこから適切な位置まで回転させると、ヘルメットは無事スーツから外れた。

「よし……」

慎重にヘルメットを持ち上げ、俺はゆっくりと後退する。

目の前に現れる、宇宙飛行士の頭蓋骨。

シールド越しではない、生の存在感に改めて息を呑《の》んだ。

そのまま物置を出ると、外に控えていた宗太《そうた》が中へ入った。宗太はチャーリーの首元に手を伸ばし、余計な箇所に触らないよう、ゆっくりと骨らしき破片をつまみ上げた。照明係の華乃《かの》子《こ》も興味津々《きょうみしんしん》で破片を見つめ、チャーリーの頭蓋骨と見比べながら元気よく告げる。

「色や質感も近い！　骨の欠片《かけら》で間違いないっしょ！」

それからヘルメットを元に戻し、ひとまずの作業が終わった。回収できたのは長さ三センチ程度の破片だ。手袋と一緒に買ったファスナー付きのポリ袋にそれを入れ、その袋は宗太のシャツの胸ポケットにしまわれた。

「さすがにちょっと不気味だったな」

手袋越しとはいえ、実際に骨を握った宗太が感慨《かんがい》深げに言った。

「麻痺《まひ》してる部分があったけど、間近で見るとやっぱり迫力がある」

「ああ」と俺は同意した。

理性ではまだ、あの骨が本物とは限らないことを理解している。

だけど同時に、チャーリーが放つ雰囲気《ふんいき》には、命の残滓《ざんし》めいたものを感じてしまう。


一方そのころ華乃子は、スマホのライトを掲げて物置の中を観察していた。

作品作りの参考にでもするのか、チャーリーとは関係なさそうな部分にも隈《くま》なく注意を払っている様子で、端に寄せられた掃除用具類を物色し、レトロな掃除機に感心したり、割れている大きな鏡を見つけて「ありゃりゃりゃ」とコメントしたりしていた。

そしてそのまま、宇宙服の細部を観察しだす。

バックパックや胸部の機械類を舐《な》め回すように見つめ、次々と写真を撮っていく――と、その時だ。

「ねえ、ここ見て！」

華乃子が声をあげ、宇宙服の胸辺りを手振りで示した。

そこには六つのソケットがあり、それぞれから蛇腹《じゃばら》状のホースが伸びていた。ホースの接続先はバックパック。ということは、生命維持関係のものだろうか。

「ほらこれ、途中で切れちゃってる」

と、ホースの一本を指さす。

角度的に気づきにくいけど、よく見ると亀裂《きれつ》が入っていた。

「呼吸のための管だったら、宇宙服的には致命傷なんじゃない？」

「でもここは地球だぞ」と宗太《そうた》。「息ができなくて死んだっていうなら、チャーリーは酸素を吸えない宇宙人か何かだって話か？」

「そこまでは言わないけど……少なくともスーツには損傷の跡がある。ここだけじゃなくてさ、よく見るとあちこち傷ついてるんだよね。まあ新品同然ってのも変な気がするし、多少傷んでるぐらいなら分かるんだけど、ちょっと傷つきすぎじゃない？」

宇宙服であるという事実に気を取られていたけど、確かに華乃子《かのこ》の言うとおりだった。スーツはところどころ傷つき、表面の繊維が削れたりしている。とはいえ、そもそもの状況が巨大な不自然の塊である以上、スーツの損傷具合が自然なのかどうかは、なんとも言えないところだと思った。

「あとさ、これってポケットかな」

そして華乃子は、スーツの左もも辺りを指さす。

そこには袋状の膨《ふく》らみがあった。

「開けていい？」と彼女が問い、俺と宗太は頷《うなず》いた。

華乃子はビニール手袋をはめ直し、片手に持ったスマホでチャーリーの左ももを照らし、もう片方の手でフラップのような部分を持ち上げた。ベリッと甲高い音がして、マジックテープが剝《は》がれたのだと分かった。やはりこれはポケットだったのだ。

「何か入ってるか？」と宗太がたずねる。

「うん」

そうしてポケットから出てきたのは、ハガキ大の四角い物体だった。

厚みは一センチほど。黒い革製のカバーに覆われたそれは――

「手帳？」

華乃子はその物体を色々な角度から観察し、器用にも片手で表紙部分をめくった。

「え……何これ」

困惑顔を浮かべた彼女は、手帳を掲げて俺たちにもそれを見せた。

宗太がスマホを掲げ、開かれたページを光で照らす。

浮かび上がったそこには、こう書かれていた。

ELISA計画　第8号

ELISA計画
第８号

幕間

囚人《しゅうじん》の前に、青色の巨人がそびえ立っていた。
その背後では、深い樹海の木々が葉を揺らしている。
とても静かだった。
無言で佇《たたず》む青色の巨人には、慈悲深さを思わせる何かがあった。

——あなたは？

薄れきった意識の底で、囚人はそうたずねる。
まるで水中にいるかのように、自分の声が遠く感じた。
すると、直立していた巨人が膝《ひざ》を曲げた。
地面に腰を下ろしている囚人に顔を寄せ、まっすぐに目を見つめて告げる。

——お前、死のうとしているな？

その声は、妙にはっきりと聞き取ることができた。

――そうなんだろ？

違う。自分はただ、彼女に会いたいのだ。

囚人はそう言いたかったのだが、口が思うように動かなかった。

――お前が何を抱え、ここへたどり着いたのかは知らない。

――たずねる気もない。

――だがこうして出会った以上、放っておくことはできない。

――悪いな。こればかりは自分に課している絶対のルールなんだ。

――身勝手に思うかもしれないが、お前の命を救わせてもらう。

囚人の意識は、そこで途絶えた。

第二章　あたしの叡智を授けてあげる

1

再び旧校舎を訪れた晩から一夜が明けた。

新たな発見のおかげで気がはやるも、今日は金曜だから、まずは学校で授業を受けなければならない。青春を取り戻すための冒険——なんて息巻いているけど、俺たちは立派な受験生だ。調査にかまけ過ぎていると、あとで痛い目を見るかもしれない。

そんな揺れ動く気持ちを抱え、朝日の差し込むリビング・ダイニングで今日も朝食を摂《と》る。味噌汁《みそしる》をすすっていると、向かいで焼き魚をつついていた母さんがたずねた。

「昨日、どこ行ってたの?」

帰りが遅くなったから、それで聞いているのだろう。

責めるようなトーンではないけど、受験生たる我が子の素行は気になるはずだ。

「宗太《そうた》とファミレス行ったら、華乃子《かのこ》にバッタリ会ってさ。それでずっとしゃべってた」

「華乃子ちゃん?」

と母さんの声が高くなる。

「ずいぶん久し振りに聞いた。渕ヶ崎《ふちがさき》へ行ったんだっけ?」

「うん」

　渕ヶ崎というのは華乃子の高校の名前だ。俺が通っている三狛江《みこまえ》高校よりも偏差値が高く、校則が緩い。本人の談によれば、渕ヶ崎を選んだ決め手はもちろん、校則のほうだ。

「華乃子ちゃん元気にしてた？」

「相変わらずだったよ。元気すぎてスマホを粉々にしたらしい」

「何それ？　まあなんか、ハツラツ妖精夢少女《ようせいゆめしようじよ》って感じの子だったもんねえ」

　母さんはまたよく分からない表現を使った。おそらくは英語の言い回しなんだろうけど、これは初耳だったから元ネタが分からない。かといってまったく意味が分からないわけでもなく、「破天荒」ぐらいのニュアンスだろうと読み取れたからスルーしておく。

　そして母さんはたずねる。

「そういえば紗季《さき》ちゃんはどうしてるの？　よく四人で遊んでたでしょ」

「クラス違うしあんまり会わないけど、元気そうにはしてるよ」

「ならいいんだけど。かわいそうな目に遭ったからね……あれはもう何年前？」

　母さんが言っているのは、千穂姉《ちほねえ》の事故のことだ。昨日も話題にあがったし、紗季との距離が近づいている今、意識せずにはいられない事柄だった。

「四年前だね」と俺は答えた。

「四年かあ。傷が癒《い》えてればいいけど……」

母さんは箸《はし》を止め、少しだけ重たい間をおいた。

それから俺の目を見て、いつになく真剣な顔つきで告げる。

「あんた、ちゃんと優しくしてあげなきゃダメだからね？　人の気持ちに寄り添えない人間になんてなったら、お母さん悲しくなっちゃうから」

俺は頷《うなず》き、母さんに心から同意した。

紗季《さき》の気持ちに寄り添う——か。

そうしたいのはやまやまだけど、具体的にどうすればいいのだろう。

何が問題なのかもはっきりしない、漠然とした気持ちのわだかまり。チャーリーの調査が進むなか、俺にとってそれは、解決しなければならないもう一つの謎になっていた。

2

午前の授業を終え、今日も昼休みがやって来た。

昨日同様、演劇部の部室に集合し、第二回となる調査報告会が開かれる。

「進展は四つだ！」

ホワイトボード前の宗太《そうた》が指を四本立て、着席している俺と紗季に告げた。

「まず、華乃子《かのこ》が仲間に加わった。捏造《ねつぞう》系アーティストとしての技術を活《い》かし、セタケに見せるフェイク写真の作成をしてくれる。この写真は一応、週明けには用意できる見込みだ」

そこまで説明し、宗太はホワイトボードに『①かのこ』と書いた。

「そして二つ目は、骨のサンプル回収に成功した。つまり、チャーリーの骨が本物かどうかの確認については、下準備が整ったことになる。あとは華乃子の作業完了を待ち、セタケと対峙《たいじ》するだけだな」

ホワイトボードに『②サンプル確保！』の文字が足された。

「三つ目と四つ目は新たな手がかりの発見だ」

宗太は忙《せわ》しなくマーカーを振るい、『③スーツの破損』『④ナゾの手帳』と書き連ねる。

「ざっくりとは聞いたけど、結局どういうことなの？」

紗季が手を上げて発言した。

俺はスマホを取り出し、昨日撮影した破損箇所の写真を彼女に見せた。

「スーツの破損っていうのは、ほら、ホースのここ。裂《さ》けてるでしょ」

「ほんとだ……私もいっぱい写真撮ったのに、見落としてたな」

「バックパックに繋《つな》がってるホースだから、酸素供給とか、生命維持関連だと思う。まあ、だからってこれがチャーリーの死因とは思えないけどね。華乃子に指摘されて気づいたけど、宇宙服のあちこちにけっこう傷があるんだ。ホースがどうこうってより、全体的に損傷が目立つって認識がいいのかもしれない」

「ふむ」と紗季《さき》は顔をしかめ、ノートに何か書きつける。

この辺りで宗太《そうた》が自説を語り始めるかと思ったけど、実際はそうならなかった。

意外に思って俺はたずねる。

「チャーリー宇宙人説は唱えなくていいのか？」

昨日、ちらりとそんなことを言っていた。巨大な陰謀《いんぼう》を期待していそうな宗太のことだ。すっかりそっち方面へ傾いていると予想していた——が、俺の予想は裏切られる。

「そうも言ってられなくなった」

宗太はいつの間にやら布製の白手袋をはめ、足元のスクールバッグから例の黒手帳を取り出した。

「宇宙人が日本語で日記をつけるとは思えないからな」

「日記？」と紗季。

「ああ。これが④の『ナゾの手帳』だ。チャーリーはどういうわけか、学園生活の記録を残していた」

3

198X/6/15
数学科の羽佐間洋二が近所で起きた交通事故について話す。死者が出た模様。

198X/6/21
隣の担任の上橋万奈が来月に結婚するとのこと。
詳細は不明だが、結婚相手とは学生時代から交際を続けていたという。

198X/6/22
瀬戸彩花が興味深い怪談話を語る。内容は次のとおり。数年前、忘れ物を取りに夜の学校へ侵入した男子生徒がいた。この時、男子生徒の他にも友人が一人同行していたのだが、その友人が忽然《こつぜん》と姿を消してしまったという。男子生徒の証言によれば、友人は階段下の物置から音がすると言って様子を見に行き、忘れ物を取りに行った男子生徒と別れている。

198X/6/27
二時間目から雨。下校時まで降りやむことはなかった。午後には雷が鳴り始める。
かなりの雨量と思われるため、何かしら自然災害が起きているかもしれない。

4

手帳にはそんな文章が十数ページ、淡々と書き連ねられていた。

昨日の発見時にもざっと目を通したけど、やはり不可解極まりない。

「エライザ計画……？」

紗季《さき》が困惑気味につぶやいた。

「学園生活の記録みたいだけど……これってもしかして、旧校舎での出来事ってこと？」

「気になるのは日付だな」と宗太《そうた》。「198X……これはつまり、八十年代のいつかってことだろ？　その頃なら旧校舎は現役だ。紗季の言うとおり、旧校舎での学園生活を綴《つづ》ったものかもしれない」

確かにそう考えることもできる。

だけど俺としては、違和感が勝ると思った。

「いや、でもX年ってなんだよ？　記録をつける時にそんなぼかし方するか？」

「そこは確かに変だな。とはいえ、この手帳については分からないことだらけだ。ひとまずは色んな可能性を考えてみるべきだろ」

「まあ……それはそうだけど」と俺は頷《うなず》いた。

それからもう一つ、あり得ないと思いつつ、どうしても考えてしまうことがあった。

あまりに突飛な発想で、口にするのもはばから――


「あと気になるのは、物置の話だな」


そこで躊躇《ちゅうちょ》しないのが宗太だ。

一切の迷いを見せず、あまりにも突飛な発想を語る。

「物置の怪談話だぞ？　こんな偶然があるか？」

「ちょっと待って」と紗季が反応する。「まさか宗太、私たちの呪いのお札が関係してるとか言わないよね？」

「そのまさかだ」

「関係あるわけないでしょ。八十年代の話なんだから」

「普通に考えたらな。だけどある可能性を考慮すれば、考えられない話じゃない」

宗太は両手を広げ、ドラマチックな間を作った。

その演出はもはや、無茶なことを言う時の前振りだ。

「タイムトラベルさ！　旧校舎に怪談話を求める僕らの願いが、未来の誰かに届いたんだ。そしてその未来人は、時間旅行技術を使って八十年代の三狛江《みこまえ》高校に怪談をもたらした！　細かいことは分からないが、物置がタイムトラベルのポータルだった可能性もある。消えた生徒っていうのは、偶然そこに入ってしまったんじゃないか？」

どこまで本気で言っているのか分からないけど、こうして口に出されると、少しでも似たようなことを考えてしまった自分が恥ずかしくなる。百歩譲って遠い未来にタイムトラベルが実現するとしても、中学生の怪談欲に応える意味がまるでない。

「気持ちは分かるけどな」

と理解を示しつつ、俺は異議を唱えた。

「タイムトラベルなんてものが絡《から》んでたら、世界を揺るがす超一大事だ。いくらなんでも飛躍しすぎだって。青春に飢えるあまり、願望を拗《こじ》らせてるんじゃないか？」

「だが可能性の一つではある。そもそも宇宙飛行士の死体からして無茶苦茶な話なんだ。タイムトラベルが出てきたって釣り合いは……と、ちょっと待て」

スマホに通知が入ったらしく、宗太《そうた》は話を中断した。

その内容を確認し、バッと人差し指を立てる。

「野暮用《やぼよう》ができた！　悪いが中座させてもらう」

「はあ？」

そうして宗太は、そそくさと部室を出ていってしまった。

取り残された俺と紗季《さき》は、唐突な静寂に包まれる。

とんでもない持論を散らかすだけ散らかし、後片づけもしないで出ていかれた。

「……あいつは相変わらずだな」

間を埋めるため、隣の紗季にとりあえずの感想を告げる。

「うん。宗太が旅行先を選ぶ基準は、『そこで戦いたいか』だもんね。いつだって冒険を求めてる」

「ああ」

そして沈黙。

認めたくないけど、紗季と二人きりになって緊張している自分がいた。

「そういえば紗季は、最近どうなの」

結局出てきたのは、そんなふわふわした問いだった。

「どうって何が？」

「ええと……」

返答に困って視線を漂わせると、紗季のノートが目に留まった。彼女は昨日の報告会から律儀《りちぎ》にメモを取っていて、今開かれているページにも、さっきまでの話の内容が――と、そこであることに気づいた。

彼女が使っているのは、罫線のない無地のノートだった。

「あれ？　そのノートってさ、昔よく絵描いてたやつ？」

紗季《さき》が瞬《まばた》きをして、パッと表情を明るくした。

「よく覚えてるね。うん。確かにこれ、同じとこのやつだよ」

小五で初めて出会った時から、彼女はいつも、そんなノートを持ち歩いていた。

当時は動物にはまっていて、哺乳類《ほにゆうるい》から爬虫類《はちゆうるい》まで、色々な動物の絵を描いていた。特徴を捉《とら》えてデフォルメするのが上手《うま》くて、タヌキとアライグマとか、混同しそうな動物たちをあえて並べ、図鑑のように描き連ねていたのを覚えている。

そうやって得たレパートリーを活《い》かし、クラスメイトや身近な人たちの特徴を動物に置き換え、擬獣化イラストを描くのも得意にしていた。何かと知的ぶろうとする宗太《そうた》をフクロウに、野性的なギラつきが漂う華乃子《かのこ》をオオカミに、という具合だ。

そして俺は、案外足が速い、という理由でキツネになっていた。

「動物の絵、今も描いてたりする？」

話の繋《つな》ぎに、と軽い気持ちでたずねると、紗季は意外な反応をした。

俺のほうを見て、何やら驚いた表情を浮かべていたのだ。

「え……どうした？」

「言われてみれば私、全然描いてない」

彼女はそのまま、ぼんやりとした調子で続ける。

「あんなに好きだったのに。なんでか分からないけど、お姉ちゃんがいなくなってからだな。絵描かなくなったの」

「そう……なんだ」

心の糸が張り詰め、お手本のように言葉に詰まった。

またた。千穂姉《ちほねえ》の話題になると、逃げたい気持ちに駆られてしまう。そんな自分が情けなくて、なんとか踏みとどまろうとするのに、どうしてもそれができない。俺が何を言ったところで、余計な詮索《せんさく》になってしまうんじゃないかとか、見当違いなことを言ってしまうんじゃないかとか、冷静ぶった臆病《おくびょう》さが邪魔をして、目の前にいる紗季に向き合うことができない。


「隕石《いんせき》だ」

彼女は唐突に、はっきりとそう告げた。

俺はすっかり困惑して、上手く反応ができない。

すると紗季は、面白かったドラマの話でもするように、活《い》き活《い》きと語りだした。

「絵を描かなくなった分、隕石のことを調べるようになった。歴史をたどってみるとね、けっこう面白いんだよ？　最初はそもそも、遠い宇宙からやって来たものだって認識がなかったりして。火山から飛んで来たとか、大気中で発生したとか、色んな可能性が考えられてた。神様と結びつけられて、信仰の対象になることも多かった。日本でもね、隕石《いんせき》を祀《まつ》ってる神社があるんだよ」

「へえ……」

「調べてみるまで知らなかったけど、世界中の隕石には名前が付けられてて、重量とか成分とかをまとめたデータベースがあるんだよね。ネットで普通に見れるから、それをきっかけに一つ一つの隕石について調べるのも――」

そこで部室の扉が開き、紗季《さき》の話は遮られた。

「すごいぞ！　こいつを見ろ！」

ついさっき出ていった宗太《そうた》が、一枚の写真を掲げて戻ってきた。

宗太はそれを、ズバンと机に叩《たた》きつける。

古ぼけたその写真には、旧校舎前に並ぶ男たちの姿が写されていた。校舎のてっぺんには見慣れない風見鶏《かざみどり》があり、中心で笑う男の腕には、愛らしい柴犬が抱かれていた。

5

週明けの完成見込みだった華乃子《かのこ》の捏造《ねつぞう》写真が、予定よりもかなり早く完成した。チャーリーの実物を見て興奮した華乃子が、他の予定を全部後回しにしてこちらを優先してくれたらしい。学校をサボってわざわざ届けに来たぐらいだから、かなりのやる気だ。

これを受け、顕微鏡を使った骨の分析が今日の放課後に前倒しされた。といっても、まずはセタケに写真を見せ、俺たちがでっち上げた嘘《うそ》の経緯を信じ込ませなければならない。

当然、午後の授業なんて上の空だ。

あの骨がもし本物だったら、事態の深刻さが一気に上がる。なにせ、人が一人死んでいることになるのだから。青春だ、冒険だと盛り上がっているけど、倫理的に立派とは言えない立場であることは、改めて覚悟するべきかもしれない。

人の死──か。

宗太の乱入で有耶無耶《うやむや》になったけど、紗季の身に起きたことについても、ごまかし続けてはいられない。紗季が隕石の話を始めた時、俺は言葉に詰まるどころか、体が固まっていた。なぜならそれは、触れにくかった話題の核心だからだ。

四年前、紗季の二つ上の姉・早坂千穂《はやさかちほ》は、隕石の衝突に巻き込まれて亡くなった。

俺たちが中学二年の時のことだ。ある晴れた夏の日の午後、田んぼ沿いの道を自転車で走っていた彼女は、すれ違いの軽トラックと電柱の間に挟まれて命を落とした。ただの交通事故じゃない。すれ違った軽トラックが、その直前に直径十数センチの隕石《いんせき》の直撃を受けて制御を失っていたのだ。軽トラックの運転手は無事だったけど、巻き込まれた彼女はそのまま帰らぬ人となった。

定義の仕方にもよるらしいけど、隕石による死亡事故と確定された事例は世界初だという。極めて珍しい悲劇はセンセーショナルに報じられ、不運の象徴のように扱われた。噂《うわさ》が広まり、遺族である紗季《さき》と両親にも好奇の目が向けられた。

「ああ、あの隕石の……」

と遠巻きに指さされ、〝興味深い事例〟として学術的な関心の対象にもなり、そんな色々のなかで、追悼《ついとう》や悲しみといったムードはどこかへ消えてしまったようだった。

とんでもないことが起きたという、あの時の心許《こころもと》ない雰囲気《ふんいき》はよく覚えている。

早坂千穂《はやさかちほ》のことは、「千穂姉」と呼んで俺も慕《した》っていた。年下にもフラットに接する彼女は、気分次第で俺たちの輪に出たり入ったりする、グループの幻の五人目のような存在だった。だから俺も、宗太《そうた》も、華乃子《かのこ》も、それぞれにショックを受けていた。それでも、一番辛《つら》いのは紗季だからと考え、葬儀の諸々《もろもろ》の間も俺たちは紗季を気にかけ、可能な限り寄り添おうとした。

そして彼女は、千穂姉の死を冷静に受け止めているようだった。

悲しみに涙を流すことも、理不尽さに怒りを露《あら》わにすることもない。

彼女はただ淡々と、早坂千穂を見送っていた。

もちろん、紗季が実際どう感じていたのかは分からない。だけど、そばで見ていた俺の目には、そうやって冷静さを保っている彼女が、とても痛々しく映った。

だからって何ができる？

当時の俺は、身近に起きた初めての死を前に戸惑っていた。宗太や華乃子も似たようなものだと思う。どうしていいか分からないまま時が経《た》ち、その戸惑いはやがて、漠然とした壁になった。表面上は何も変わっていない風を装っても、俺たちの間には確かに距離ができていた。

そこに未練はあったけど、翌年には感染症の流行で緊急事態宣言が出され、俺たちは物理的にも距離を置くことになった。

――僕らの青春は奪われたんだ！

と宗太は言ったけど、あれはきっと、オンライン授業や自粛期間のことだけじゃない。

なんの因果もなく降りかかる災難に、人の運命は狂わされる。

そう、運命だ。

とんでもない偶然について考える時、俺はどうしても、千穂姉のことを考えてしまう。

そして、紗季のことも。

6

薄《う》っすらと薬品の匂《にお》いが漂う理科室で、長机の片側に俺、宗太《そうた》、紗季《さき》が並び、対面に座るセタケのことを見守っていた。白衣を着ているということは、直前の授業は何かしらの実験だったのだろう。

セタケの手には、旧校舎と男たちと柴犬を写した写真がある。近所の老婦人から依頼されたことになっている、存在しない調査依頼の手がかりだ。そして机上には、チャーリーの骨が入ったポリ袋も置かれている。こちらは柴犬の遺骨かもしれない謎の破片、ということになっているから、その筋で話を合わせるよう注意しなければならない。

「ふん……やっぱりこんな風見鶏《かざみどり》は見たことがないな」

三狛江《みこまえ》に長く居る自分なら、写真を見れば何か分かるかもしれない。そうセタケに言われてわざわざ用意した写真だけど、結局思い当たることはないらしい。そもそもが捏造《ねつぞう》写真なうえに、セタケが何かに気づいたところで、依頼自体が存在しないのだから俺たちが得るものは何もない──とはいえ、手間を掛けさせておいて何もなしか、という不満は感じなくもない。

「お前たちの言うとおり、何かの撮影用に一時的に付けたものかもな」

「風見鶏が出てきそうな作品ってありますかね？　僕らの知識じゃ大した取っ掛かりがなくて」

この筋で話を深める必要はないのだけど、宗太はそれらしく質問を投げかけた。

「わざわざ屋根に風見鶏を付けるってことは、話の展開上必須だったか、あるいはビジュアルイメージがバチッと決まってるタイプの……ああ、ＣＭとか広告関係の撮影って可能性もあるんじゃないか？」

「おお、それは盲点でした！　確かにありそうですね。広告の線も調べてみます」

興奮気味に反応する宗太を見て、セタケも満足気な様子だ。

「で、顕微鏡か。骨かどうかを確かめたいんだったな」

華乃子《かのこ》の渾身《こんしん》の一枚をぶつけた割に、写真の件は案外あっさり済まされてしまった。まあ、それだけ華乃子の腕が良かったということだ。セタケにしてみれば、気軽に要求した写真に気軽な感想を述べたに過ぎない。そこになんの違和感も覚えなかったのなら、これ以上の結果はない。


ハバース管の有無を確認すれば骨かどうか判別できるはず、という俺たちの考えを伝えると、セタケは感心したように頷《うなず》いた。それからポリ袋の骨片を確認し、併設されている準備室から顕微鏡を一台持ってきた。

「ハバース管を見たいなら生物顕微鏡だ。実体顕微鏡じゃ倍率が足りないだろうからな」

正直その二つの違いも分かっていないのだけど、知った風な顔で頷いておいた。

宗太と紗季も似たような反応をしている。

「生物顕微鏡で見るからには、その破片を薄切りにして、プレパラートを作らなきゃならないが……確か骨だった場合、旦那《だんな》さんの遺骨と一緒に海に撒《ま》くんだったよな？」

「え……はい、そうですけど」

とっさに答えた宗太《そうた》の顔に、戸惑いの色が浮かんだ。

「なら砕いて問題ないな？　どのみち細かくするんだから」

「あ、ですね……問題ありません」

しまった、という顔で宗太がこちらを見る。

焦《あせ》りの理由は理解できた。法律のことはよく分からないけど、これがもし本物の人間の骨だった場合、死体損壊罪だか何かに該当しそうな気がする。

通報せずに自分たちであれこれ調査していたことも何かの罪に当たるのかもしれないけど、それについては最終的に匿名《とくめい》で通報すれば大きな問題にならないと踏んでいる。が、いま思えば、骨や手帳を持ち出した時点でかなり危ない橋を渡っていて、おまけにその骨を粉砕したとなれば、いよいよ一線を越える気がしなくもない。

でも本当にそうだろうか？

俺たちが何かしらの真相にたどり着けたとしても、たどり着けずに「見納め会」当日を迎えたとしても、最後に待っているのは匿名での通報だろう。手帳は宇宙服のポケットに戻しておけばいいし、骨の欠片《かけら》のことは黙っていればいい。あるいは俺たち以外の誰かがチャーリーを発見して通報したとしても、小さな骨の欠片が消えているなんて、気づきようがない。

そうだ。きっと大丈夫だ。

俺は宗太と紗季《さき》に視線を送り、まあ仕方ないよ、と小さく肩をすくめてみせた。

そこからのセタケの手際には驚かされた。骨が入ったポリ袋をさらに別の袋に入れ、金槌《かなづち》で慎重に骨片を砕き、ちょうどいい薄板状の欠片ができるとそれをピンセットで拾い、スライドガラスにセットしてスポイトで水を一滴垂らし、カバーガラスを被《かぶ》せてあっという間にプレパラートが完成した。

自分たちでやろうとしたら、おっかなびっくりで相当時間が掛かっていたはずだ。流れで全部やってもらえたのは幸運以外の何物でもない。

「倍率は一〇〇倍にしてある。ほら、誰か覗《のぞ》いてみろ」

最初の役割分担で〝骨係〟になったこともあり、一番手は自然と俺になった。

顕微鏡の接眼レンズに顔を寄せ、ついに答え合わせの時を迎える。

果たして、そこにハバース管は——あった。

レンズの向こうに広がる、灰色の世界。

木目のような微細な線が無数に、うねうねと走っている。所々に円形のパターンがあり、それはまるで、おびただしい数の台風がひしめき合う気象図のようだった。円がいくつも重なって形成される〝台風〟の中心には、黒い点のように見える箇所、すなわちハバース管が見て取れる。

ネットで調べた画像のとおりだ。

間違いない。チャーリーは本当に人間の骨だったのだ。

ということはどうなる？

あれが確実に死体だという事実は、いったい何を意味する？

宇宙服や、あの手帳に対する見方も変わるだろうか？

頭の中でいくつもの思考が駆け巡り、言語化が追いつかない。

その結果、漠然とした興奮が全身を包み、鼓動を高鳴らせていた。

セタケには「犬の遺骨らしき破片」という体裁で話を進めていたから、代わる代わる顕微鏡を覗《のぞ》き込んだ俺たちは、「骨だ」「やっぱりあの犬の骨だったんだ」と取り繕《つくろ》い、その衝撃を分かち合った。

7

それぞれ予備校の時間が迫っていた俺たちは、小走りで駐輪場へ向かった。

すると、ネットフェンスの向こうに華乃子《かのこ》の姿があった。学校をサボってこっちまで来ているはずだけど、服は渕ヶ崎《ふちがさき》高校の制服姿で、レトロ風味なクリーム色の自転車にまたがり、昨日も着けていたゴツいヘッドホンで音楽を聴いているようだった。

「え、華乃子？」

最初に声をあげたのは紗季《さき》だ。

俺たちの姿に気づき、華乃子がヘッドホンを外す。

「紗季!?　久し振りだねえ！」

そうか。ここはまだ再会していなかったのか。

二人はガシャガシャとフェンスを叩《たた》き合い、邂逅《かいこう》の喜びを分かち合う。

「なんだ。待ってるなら言ってくれればよかったのに」と宗太《そうた》も会話に加わった。

「いや、普通に帰ろうと思ったんだけどさ。気になって戻ってきちゃった。で、どうだったの？　骨、顕微鏡で調べたんでしょ」

「ああ。あの骨は……」と宗太はタメを作る。

華乃子は腰に手を当て、じれったそうに顔をしかめた。

「……本物だ！」

「おおおおおおお……！」

吐息《といき》まじりのうなり声をあげ、華乃子が目を見開いた。

「てことは何？　ほんとの死体なんだから、ほんとの宇宙飛行士って可能性もゼロじゃなくなった感じ？」

「タイムトラベラー説もあるぞ」と宗太《そうた》がほくそ笑む。

「あー、なるほど。宗太はあの手帳の文章をそう捉《とら》えてるわけ」

「可能性の一つとしてな」

それから華乃子《かのこ》は、久々に会った紗季《さき》も交え、ひとしきりはしゃいでいた。


骨が本物だと判明したことで、事態が深刻になったのは確かだ。だけどそれは、心のどこかで期待していた可能性と言ってもいい。そもそも俺たちは、宇宙飛行士の白骨死体という謎に魅せられ、ひと夏の冒険を始めたのだから。

背徳的な興奮を共有する俺たちは、次なるステージへ進んだ。チャーリーが本物の死体であると分かったことで、宇宙服が本物である可能性や、その裏にタイムトラベルが絡《から》んでいるという可能性さえ、絶対にあり得ないとは言いづらくなった気がする。

もしかしたら……？

という小さな可能性が繋《つな》がり、俺たちはとんでもないところまで行ってしまうのではないか。そんな予感が、胸の奥でバチバチと火花を発していた。

8

調査の進展を受け、夜に追加の報告会が開かれることになった。予備校の時間が迫っていた宗太と紗季は急いで学校をあとにし、行きたい場所があるという華乃子もそそくさと出発し、俺はひとり駐輪場に取り残された。

宗太たちと別の予備校に通っている俺は、時間割の違いでまだ急ぐ必要がない。

ならば――と俺は考える。

なんとなく、久し振りに寄ってみたい場所があったのだ。

目的の場所には意外な先客がいた。

ほんのり赤らみ始めた空の下で、視界いっぱいに広がる田園風景。二つの顔を持つ三狛江《みこまえ》の、何もない側。まっすぐ伸びる道の途中に、クリーム色の自転車が停《と》められていた。華乃子は道路と田んぼの間の斜面にしゃがみ込み、少し傾いた電柱のそばで何やら地面をいじっている。

その後ろまで自転車を走らせ、彼女に声をかけた。

「華乃子」

「ああ、理久《りく》！」

「さっき言ってた行きたいところって、ここのことだったんだ」

「うん」

そこは隕石《いんせき》の落下地点だった。

傾いた電柱は現在まで残っている事故の痕跡《こんせき》で、悲劇がここで起きたことを伝える唯一の目印だ。それ以外の何もかもは移ろい、田舎町の風景に溶け込んでいる。

俺は道路端に自転車を停《と》め、華乃子《かのこ》の隣に立った。

彼女はさっきから、地面にある何かを拾って小さなレジ袋に入れている。

「何してるの?」

「吸い殻」と言って、彼女はつまみ上げた煙草《たばこ》の吸い殻を見せた。「こんなとこにポイ捨てしやがって。無礼な奴《やつ》がいたもんだよ」

「ああ。それは許せんな」

俺は辺りを見回し、他にもゴミが落ちていないか探すことにした。そうして見つけた吸い殻を拾い、華乃子のレジ袋に入れる。そうやって俺たちは、電柱の周辺を丁寧に見ていった。

墓掃除みたいだ——と俺は思った。

当然、ちゃんとしたお墓は別の場所にある。だけど、こっちのほうが千穂姉《ちほねえ》の存在をよっぽど強く感じる。骨が納められているとかそういうことより、実際に彼女がここにいて、ここで最期《さいご》を迎えたからだろう。

「理久《りく》も宗太《そうた》も、紗季《さき》とはずっと疎遠になってたんだよね?」

かがんでいた華乃子が体を起こし、そんなことをたずねた。

「うん」

「チャーリーの件で会うことが増えて、なんとなく意識しちゃった？　隕石《いんせき》のこと」

「まあ、そんなところかな。華乃子も？」

「そうだね」

彼女はレジ袋の口を結び、スカートのポケットにそれを突っ込んだ。

それから軽く伸びをして、電柱のそばの斜面に腰を下ろした。

俺もその隣に座り、しばらく黙っていた。

風が吹いて、湿気を含んだ土と草の香りが鼻をついた。

夏だな——と、どうでもいい感慨《かんがい》が頭をよぎる。


「この際だから正直言うけど」

華乃子が唐突に告げ、ちらりと俺のほうを見た。

それから視線を戻し、夕暮れ空を見つめながら続ける。

「あたしはね、紗季ともっかい仲良くなりたくてチャーリーの件に乗った」

「え……と、それは……」

唐突なうえに、どう返していいか分からない話だった。

俺がしどろもどろしていると、華乃子が呆《あき》れたように笑った。

「そんな困んないでよ。あたしはただ、正直な心境を吐露《とろ》してるだけ。迷惑だった？」

「いや、迷惑ってことはないけど……急にどうしたのかなって」

すると華乃子《かのこ》は、やれやれといった感じにため息をついた。

それから少し間を置き、うんざりした調子で告げる。

「急じゃないんだなあー、これが」

そこまで聞いて、ようやくピンと来るものがあった。

「それはつまり、ずっとこういう機会を待ってたってこと？」

「うん」

「だけどきっかけがなかった……みたいな」

「そう」

「スマホが粉々になって、連絡先も分からなかった」

「いやいや」華乃子は半笑いで言った。「あんたあれ、真に受けてたの？」

「え？」

「スマホが粉々になるわけないでしょ。あんなの嘘《うそ》」

「ええ？」

「あれはなんていうか、後ろめたさで距離を取っちゃったっていうか」

「なんで華乃子が後ろめたくなるんだよ」

「千穂姉《ちほねえ》の事故のあと、なんとなく気まずくなったまま、あたしだけ別の高校行っちゃったでしょ。それでこう……あたしは逃げたんだ、みたいな。言ってること分かる？」

「まあ……なんとなくは」

「後ろめたさってさ、どんどん重たくなるんだよね」

そこまで思いつめる必要はない気がしたけど、それはたぶん、人の気持ちを軽く見積もることになるから、俺がどうこう言えることじゃないと思った。俺が紗季《さき》に対して感じている気持ちだって、はたから見たら考えすぎに思えるのかもしれない。

「だけどあたしは」と華乃子は語る。「やっぱり紗季のことが好きだから。よく考えたら、うちら四人を引き合わせたのも紗季だし、一緒に絵描いたりして、創作の楽しさを教えてくれたのもそう。だからこの機会に、元通りになれたらいいなって」

「そっか」

俺は頷《うなず》き、そして気づいた。

華乃子が感じていることは、俺が感じていることとそう変わらない。

「あ！」

すると突然、これまでの色々なことが一つに繋《つな》がった。

「それで何かと話が早かったのか」

「なんのこと？」と彼女がたずねる。

「最初に宗太《そうた》が連絡した時も即答だったし、チャーリーの件にも二つ返事で乗ってくれたし、今日だって、週明けの予定だった捏造《ねつぞう》写真を前倒しで仕上げて、学校サボってまで届けに来てくれた。それもこれも全部、こういう機会をずっと待ってたからか……」

言い終わったところで、華乃子《かのこ》と目が合った。

雰囲気《ふんいき》が少し大人びても、目の印象は変わらないと思った。

そして彼女は、その目を大きく見開き、少々猟奇的な笑みを浮かべる。

「……なんだよ」

「なんでもない」

そう言って立ち上がり、華乃子は自転車のほうへ向かった。

「もう行っちゃうんだ」

「理久《りく》は平気なの？　予備校あるんでしょ」

「ああ、忘れてた！」

俺も慌てて立ち上がり、自転車のほうへ向かう。

するとその背後で、華乃子が大声をあげた。

「後悔して学んだ、あたしの叡智《えいち》を授けてあげる！」

「は？」

急に何を言いだすのかと思って振り返ると、彼女は晴れやかな表情で告げた。

「言おうか迷ってることは、だいたい言ったほうがいいよ！」

9

臨時の報告会は、昨日と同じ駅前のファミレスで開催された。

時刻は九時を過ぎていて、夕食がてらにピザやサラダやドリンクバーを頼み、わいわいと賑《にぎ》やかな雰囲気で会議は進行した。骨が本物だったという大きな発見を受け、気持ちに勢いがついていたのもあると思う。

「まず言えるのは」と宗太が切り出す。「全部ただのイタズラでした、ってオチは完全になくなったわけだ。人が一人死んでる以上、宇宙服を着てたことや、旧校舎に放置されてたことにもそれなりの理由がなきゃおかしい」

俺は頷《うなず》き、その考えに付け加えた。

「答えはある、って保証がついたのは確かに大きい。となると、次はどこを攻めるか……」

「最初に三つの役割分担をしただろ？　骨、宇宙服、旧校舎の三つだ。そのうちの骨が解決したんだから、あとの二つを進めるのが順当じゃないか」

「残るは宇宙服と旧校舎……」

そうつぶやき、紗季《さき》がマルゲリータピザにかじりつく。

「旧校舎って何？　どういうこと？」と華乃子《かのこ》。

「旧校舎と宇宙飛行士を結びつける何かがないか、ってことさ。僕の担当なんだが、旧校舎がロケ地として使われた映画やドラマを調べてみた。宇宙服は撮影用の衣装で、それがなんらかの理由で放置されたとか、そういう経緯もあり得るだろ？」

「あー、なるほど。で、その筋では何か分かったの？」

「いや、今のところ進展なしだ。一応、旧校舎で撮影された映像作品のリストは作ったから、鑑賞会でも開こうかとは思ってる。正直、それで何かが分かる気はしないけどな……」

「あと一個はなんだっけ」

「宇宙服」これには担当者である紗季が答えた。「そもそも宇宙服が本物なのかって調査だね」

「ああ。スーツに繊維会社のロゴがあったんだっけ？」

「そう。イースト・ラネルってところ。その会社が政府の宇宙開発事業に携《たずさ》わってる、ってことまでは突き止めた」

「え、じゃあけっこうガチっぽいじゃん」

「うん。でもこれ以上調べようと思ったら、スーツの精密機器っぽいところを開けてみるとか、もっと踏み込んだ行動が必要かも。通報しないで勝手に調べてる手前、それはちょっとリスキーなんじゃないかな。下手に触って壊しちゃったり、骨が崩れちゃったりしたら怖いし」

「確かに……」

「そういえば」と俺も加わる。「イースト・ラネル繊維の工場へ行くって案もあったよね。静岡だからまあ、日帰りでなんとかなるんじゃないかって」

「それだ、理久《りく》！　ちょうど土日だし、泊まりがけで行ってもいいんじゃないか？」

「いや、待てって。明日から行くってこと？」

急展開へのためらいを表明すると、華乃子がすかさず指摘した。

「月曜が海の日だから三連休だね。急だっていうなら、一日あけて日曜と月曜で行くのはどう？」

「それにしたって急じゃないか……？」

「なんでよ？　そんなこと言ってたら、いつまで経《た》っても行動できないでしょ。今日の骨の件だって、あたしが速攻で動いたから前進したんじゃん！」

「そうだそうだ！」と宗太《そうた》も同調する。

反論はできなかった。実際、華乃子の言うとおりなのかもしれない。

そんな二人の勢いに説得されたのか、紗季がスマホを取り出して告げる。

「とりあえず工場の場所と、交通手段とか泊まるとことか調べてみよっか」

そうして俺たちは、静岡遠征の現実味を検討し始めた。

明後日《あさって》の決行となると、泊まりがけならそれぞれ日曜と月曜の予備校はサボることになる。

これまでは学生としての本分に支障が出ないよう抑えた行動をしていたけど、ここでもまた、すでに今日の学校をサボっている華乃子《かのこ》が発言権を強くし、週末の決行が推し進められた。

そしてリサーチの結果、明後日《あさって》からの遠征決行は可能だという結論に達した。

新幹線は出費が痛そうだと怯《おび》えていたけど、イースト・ラネル繊維の工場までは在来線を乗り継いで無理なく到達できる。問題は一泊するかどうかで、これぱかりは調査の展開次第としか言いようがない。状況を見て現地で決めるのも手だけど、一人旅ならともかく四人旅だ。急に宿を手配できるか分からないうえに、泊まるとなれば家族への言い訳も必要になるわけで、そういう手回しは事前にしておきたいところだ。

というわけで、実際に宿泊が必要かどうかにかかわらず、初めから一泊する前提で行動することになった。場所、値段、未成年者の扱い、食事の有無など、諸々《もろもろ》の条件を話し合い、すべてが決定した頃にはもう、追加のフライドポテトも完食済みだった。

「明後日から静岡か……」と宗太《そうた》がしんみり告げる。「宇宙服についてはイースト・ラネル繊維で探るとして、他に何か調べられることはあるか？」

空になったポテトの皿を見つめ、残された手札を考えてみる。

骨の件は済んだ。旧校舎が使われた映像作品については、ひとまず鑑賞会待ちか。

となると、あとはこれだろう。

「例の手帳は？　あの日記みたいな文章がなんなのか、考察の余地はあるかもしれない」

「手帳って今あるの？」と華乃子。

「ああ」

保管係を買って出ていた宗太が白手袋をはめ、カバンから黒手帳を取り出す。丁重に扱っているのは分かるけど、それだったら手帳そのものもポリ袋か何かに入れておくべきじゃないだろうか。教科書やノート類と一緒に入れていたようだけど、中でもみくちゃになりそうだし、小物用のポケットにでも隔離しておいたほうが安全に思える。

「ていうかその手袋、いつの間に調達したんだ」

昨日、骨のサンプル回収をした時はコンビニのビニール手袋だった。それがいつの間にか、いかにもな白手袋に変わっている。

「ビニールじゃ雰囲気《ふんいき》出ないだろ」

宗太は当然のように言い捨て、手帳を開いてテーブルに置いた。

そこには198X年の学園生活が綴《つづ》られている。

「ここから何が分かるかねえ……」

とつぶやき、華乃子があごに手を当てる。

開かれたページを凝視《ぎようし》し、俺たちはしばし黙り込んだ。

確実に言えそうなのは、チャーリーが日本語話者であることぐらいだろうか。いや、日記の書き手がチャーリーじゃなかったとしたら、日本語話者とも言い切れない。その可能性まで考慮すれば、日本語を使っているから、という理由でチャーリー宇宙人説を否定することも厳密にはできないわけだ。

「情報量は多いんだがなあ……」

宗太《そうた》は悩ましい表情を浮かべ、手帳を手に取りページをパラパラとめくりだした。

ページが尽きたところでパタンと手帳を閉じ、テーブルの上に置き直す。

――ん？

なんの気なしに眺めていたその光景に、違和感があった。

「宗太。手帳の最後のとこ、カバーの折り返しになんか挟まってなかったか」

革製のカバーと手帳本体の間に、白い何かが見えた気がした。

宗太はもう一度手帳を手に取り、カバーの折り返し部分を確認する。

「ほんとだ。なんだこれ」

そして宗太は、そこにあったものを引っ張り出した。

二つ折りになった紙片だ。それをゆっくりと広げ、全員によく見えるようテーブルに置く。

全員が息を呑《の》み、言葉を失った。

そこには、日本語でも英語でもなければ、まったく見たこともない奇妙な記号がびっしりと書き連ねられていたのだ。全体的に角張った部分の多いその文字列は、映画で見かける古代文明や、異星人の言語を思わせた。

幕間

囚人《しゅうじん》はまぶたを上げ、ナイトテーブルのデジタル時計を確認した。
夜を過ぎ、朝が訪れる前の空白地帯。
囚人はベッドの中で体を起こし、片手で目元を押さえながら思う。

——また、あの男の夢を見てしまった。

青色の巨人は繰り返し夢に現れ、囚人の心にさざ波を立てる。
樹海でのあの出会いが、すべてを変えたのかもしれない。
生死の境をさまよった結果、囚人は真実にたどり着くことができた。
絶望の果てに、この世界の本当の姿を知ることができたのだ。

囚人は、自身が囚《とら》われていることを知り、
解放のために戦わなければならないと悟った。
そう。解放は死の先にあるのではない。
この世界との戦いを制した先にあるのだ。

目元を押さえていた手を離し、囚人は改めてナイトテーブルを見やる。
デジタル時計の隣に、銀色のノートPCが置かれていた。
囚人は微笑《ほほえ》み、心の中で語りかける。

――すべての準備は整った。
――もうすぐだよ、絵里奈《えりな》。
――もうすぐ、ELISAから目覚められる。

第三章　コーヒー牛乳でも飲《や》るか

1

準備のための一日を挟んだ、日曜朝。

調査時間をしっかり確保できるよう、出発は早めに設定されていた。両親がまだ寝ている間に起き、手早く身支度《みじたく》を済ませる。何を着ていくべきか迷ったけど、聞き込み調査へ行く以上、相手への印象も考えて行儀の良い格好を意識した。といっても、俺の私服のバリエーションで出せる行儀良さなんて、「襟付《えりつ》きのほうがいいか」程度のものだ。

天気予報は快晴。暑くなることもふまえ、通気性のいいカーキのリネンシャツに黒パンツを合わせ、靴は動きやすさ重視のスニーカーを選んだ。着替えやらで荷物がかさむかと思ったけど、一泊分なら普段使っているリュックで事足りた。

たたきに座って靴ひもを結んでいると、パジャマ姿の父さんがあくびをしながらやって来た。

「お、もう出るんだな。朝ごはんは食べたのか？」

「いや、行きながら適当に食べるよ」

「そうか」

と軽い感じで告げ、父さんはその場に留《とど》まった。

俺の出発を見送るつもりらしい。

「それじゃ、行ってきます」

「ああ、気をつけろよ」

父さんと母さんには、あの四人で遊びに行くと言ってある。変に手の込んだ嘘《うそ》はつかず、部分的に本当の話で通しておいたほうが口裏を合わせやすいと判断したからだ。

夏休みに入れば夏期講習も始まり、受験勉強が本格化する。だからその前に、みんなで高校生活最後の夏を楽しみたい――そう訴えてみたら、突然の外泊は案外すんなり認めてもらえた。

金曜の朝に母さんと話した内容も影響していると思う。華乃子《かのこ》とばったり再会したという前置きがあったから、「久々に四人で遊ぶことになった」という流れに説得力が生まれたのだ。

それに、母さんは紗季《さき》のことを気にかけていた。だからきっと、こういう想《おも》い出作りを邪魔したくはないはずだ。

メインの目的地は静岡の鍾乳洞《しょうにゅうどう》ということになっている。竜ヶ岩洞《りゅうがしどう》という、二億五千万年前に形成された巨大な鍾乳洞だ。小学生の頃に行った、地下神殿への旅とどこか似た雰囲気《ふんいき》があるし、宗太《そうた》の〝ここで戦いたい〟センサーが反応する場所としても申し分なかった。

「理久《りく》」

玄関の扉から半分出かかったところで、不意に呼び止められた。

「なに？」

父さんは少し気の抜けた笑顔を浮かべ、手を振りながら言った。

「良い旅を」

2

夏の日差しに満ちた田舎町の風景が、車窓を流れていく。

電車が混雑するタイミングでもなかったから、四人でひと並びの席につけた。俺たちは向かいの窓を眺め、晴れてよかっただとか、次の乗り換えはいつだとか、親への言い訳は上手《うま》くいったかだとか、ひとまずはそんな話を続けていた。

青い空、生い茂る緑、人々の営み。

徐々に都市部へ向かっていくルートだから、景色は少しずつ人工的なものへと変わっていく。無機質になる一方で、節操のない広告の類いも増え、混沌《こんとん》とした印象が強まっていく。

そのグラデーションを見つめながら、俺たちの話題も少しずつ変わっていった。

旅行気分の呑気《のんき》なものから、チャーリーに関する具体的な内容へ。

「例の変な文字だけど……」

紗季《さき》がボストンバッグのポケットを探り、いつものノートを取り出した。彼女は夏っぽいボーダーTシャツを着て、下には紺色のサスペンダーパンツとスニーカーを合わせている。

「私なりにちょっと分析してみたんだ。ちょっとこれ見て」

一番端の座席から華乃子《かのこ》、紗季、俺、宗太《そうた》と並んでいたから、みんなで真ん中に寄るような形でノートを覗《のぞ》き込んだ。そこには、手帳に挟まっていた謎の紙片の文字列が書き写されていた。古代や異星の言語を思わせるそれが黒字で書かれ、その下には、文字の各部を色分けして分類した一覧表らしきものがある。

「うわ、すごっ」

感嘆する華乃子にニコリと微笑《ほほえ》み、紗季は説明を始めた。

「まず大枠の話ね。字間や行間からして、この言葉が横書きで記されてるのは間違いないと思う。でも文字列全体が右揃《みぎぞろ》えみたいな配置になってるから、日本語の横書きや英語と違って、右から左へ読むのかもしれない。

で、次は一つ一つの文字の話。各文字は必ず二つのパーツで構成されてて、上部と下部に分かれてる。漢字の『古い』『占い』『呆《あき》れる』とかに似てるけど、この言葉はすべての文字がそういう構成になってる。各パーツは漢字ほど複雑じゃないけどね。出てくるのは三角や四角やバツ印や十字みたいな、単純な線の組み合わせだけ。上下それぞれに登場するパターンを数えてみたら、上が十九種類、下が十一種類ってとこだね。おそらくだけど」

「おそらく？」と宗太が聞き返す。

「もとが手書きの文字だから。カタカナの『ソ』と『ン』みたいに、紛《まぎ》らわしい二種類を一つにカウントしちゃったり、その逆もあるかもしれない。だから多少の誤差はあるかもだけど、いずれにしても、各文字を上下に分解した時の、上部のほうがパターンが多い。この差は解読のヒントになるかもね」

それで説明は終わりらしく、俺たちは眉間《みけん》にしわを寄せてノートを凝視《ぎょうし》することになった。

「何を言ってるのか、まったく分からない」

あごに手を当てた宗太《そうた》が、ポーズに似つかわしくない台詞《せりふ》を吐いた。白地に青字で「東京」とデカデカ書かれたTシャツを着ていることもあって、なんとも締まらない印象だ。

「まあ、仕分けして数えただけだから」と紗季《さき》が首をかしげる。「私も何かを分かってるわけじゃないよ。でもパターンはあるわけだし、解読は可能なんじゃないかな」

「ううむ……」

宗太がはっきり声に出してうなる。

「しかし紗季はすごいな。自力で解読しようなんて、僕は考えもしなかった」

「何それ。先陣切って張り切ってたのは宗太でしょ?」

「そこはほら、適材適所ってやつさ。僕と華乃子《かのこ》はとりあえず突っ走るタイプだからな。細かい分析とかは、理久《りく》や紗季のほうが得意だろ」

「ちょっと、勝手に同類扱いしないでよ」

食ってかかった華乃子はサンダル、ハーフパンツに麦わら帽子まで装備して、旅行気分をだだ漏《も》れにしている。帽子は首紐《くびひも》で背中に回していて、お団子ヘアのせいでどうせ被《かぶ》れない気がするのだけど、本当に気分のためだけに着けているのかもしれない。

「例の写真を作ったの、あたしなんですけど。あんな細やかな仕事、突っ走るだけの阿呆《あほう》にできる？」

「それは失礼したな」

　両脇の宗太と華乃子がそんな話をするなか、俺と紗季はノートに視線を戻していた。宗太の言うとおり、自力で解読を試みたのはすごいと思う。謎の言語の解読だなんて、どこから手をつけたらいいのかも分からない。とはいえ、紗季も解読できたわけではない以上――

「あとは華乃子のフォロワーに期待だな」と俺は言った。

「そうだね。何万人いるんだっけ？」

「五万とかだったかな。それだけいれば、集合知パワーで突破できるかもしれない」

　それは一昨日、華乃子が提案したことだった。ファミレスでの会議中に謎の文字列が書かれた紙片が見つかり、これはなんだとみんなで困惑していた時、「ＳＮＳで聞いてみよっか」と彼女が言ったのだ。捏造《ねつぞう》系アーティストとして影響力を持つ彼女が、謎の〝暗号文〟を投稿する。そうすればきっと、面白がって解読を試みる者が現れる。ネットの海には思わぬ識者が漂っているものだから、案外すんなり解読できるかもしれない、という寸法だ。

が、そこには懸念点《けねんてん》もあった。

華乃子《かのこ》自身は新しい作品として投稿してしまえばいい、と考えていたけど、文字列にどんな意味が込められているか分からない以上、そんなことをするのはリスクが大きいように思える。倫理的に問題のある内容や、過激な政治思想を含むメッセージなんかが込められていたら、アーティストとしての彼女の汚点になりかねない。

俺がそう指摘すると、華乃子は笑って答えた。

「そんな大袈裟《おおげさ》に考えなくていいって。こちとら捏造《ねつぞう》系アーティストだよ？　そんなふざけた看板掲げてるのは、あたしがそれを面白いと感じてるから。そして今、チャーリーの件に巻き込んでくれたことには心の底から感謝してる。だって、こんなに面白いことってそうそうないでしょ？　あたしは捏造を生業《なりわい》にしてて、そこに来てこの〝暗号文〟を作品として投げかけるっていうのは、もうひとつ上の次元の捏造なわけ。モキュメンタリーに見せかけたドキュメンタリー。メタ的捏造っていうの？　それともただの嘘《うそ》つきかな。どう転んだって構わないよ。それだけ面白いと思ってる。真相を知りたくてウズウズしてる」

熱のこもった言葉を受け、この件はひとまずの決着を迎えた。華乃子は文字列をスマホで撮影し、それを『謎めいた新作』としてネットの海に放ったのだ。

ただし、一点だけ俺から提案をした。

暗号文の公開にあたっては、『解読できた人は答えを公に投稿するのではなく、DMでこっそり伝えること』というルールを設けたのだ。そうやって華乃子本人と答え合わせをする参加型作品として発表すれば、暗号文がとんでもない内容だった場合のリスクを軽減できる。そのルールが順守されるのか、そもそも解読に成功する者が現れるのかも分からないけど、講じられる対策は講じたつもりだ。

一昨日夜の投稿以降、回答者はまだ現れていない。

3

静岡駅からさらに二本電車を乗り継ぎ、目的の句島川《くじまがわ》駅に到着した。出発から五時間ほどだろうか。三狛江《みこまえ》を早めに出たおかげで現在の時刻は午後一時前。それなりに疲労を感じていた俺たちは、とりあえず腹ごしらえをすることにした。

句島川はイースト・ラネル繊維をはじめ工場が多くある地域で、観光地めいた色気はほとんどない。が、それでも地域の特徴は出るもので、駅周辺の商店街には夏祭りの旗や装飾が出ていて、遠くまで来たのだという気分はいくらか味わえた。

「ここだね」

ちゃっかりご当地グルメを調査済みの華乃子に導かれ、商店街の路地を一本入ったところの定食屋にたどり着いた。飾りっ気がなく、客が七、八人も来れば満員になりそうな素朴《そぼく》な店だ。

「なんか名物でもあるの」とガイド役の華乃子《かのこ》にたずねると、

「ハムカツ丼がおいしそうだったから」

と微妙に答えになっていない答えが返ってきた。とはいえメニューに添えられた写真が確かにおいしそうだったから、結局全員でハムカツ丼を頼んだ。

「イースト・ラネルの人に話を聞けたとして、具体的に何を聞く？」

注文も済み、ひと息ついたところで向かいの席の紗季《さき》が言った。

「ここはもう、ストレートに宇宙服の写真を見せて聞いちゃえばいいと思うんだ」

そう提案したのは、隣に座っている宗太《そうた》だ。

「例のロゴが写ってるとこを見せてさ、これ、お宅で作ったものですかって」

「でも」と俺は口を挟む。「その写真どうしたんですか、って聞かれたらどうする？」

「そんなこと聞くか？」

「分かんないけど、経緯が経緯だろ。何か表に出しちゃまずい話とかだったら、面倒なことになるかもしれない。白骨死体が着てたんです、なんて言ったら警察沙汰《ざた》になるしな」

「また適当に嘘《うそ》つけば？」と華乃子。

宗太が煩《わずら》わしそうに顔を歪《ゆが》めた。

「そう簡単に言うなって。骨の件では変な嘘をついて変な苦労をする羽目になった」

「あたしはそのおかげで交ぜてもらえたわけだけど。結果オーライじゃない？」

「まあ……そういう見方もできるか」

「ほら、嘘も悪くないって」と華乃子は勝ち誇る。

遠征がよほど楽しいのか、今日はやたらにテンションが高い。

そんな彼女を笑顔で見守っていた紗季が、もっともな妥協点《だきょうてん》を提示した。

「とりあえず、イースト・ラネルの人に突っ込まれたら『死体が着てた』ってとこだけ伏せればいいんじゃない？　旧校舎の解体にあたり、中の点検をしてたら出てきました、とかさ。それなら最低限の嘘で――」


「あなたたち、高校生？」


お盆に水を載せてやって来た定食屋のおばちゃんが、不意に声をかけてきた。

意表を突かれた紗季は、「はい！」と跳び上がるように反応した。

「あ、急に話しかけてごめんね。こんなところに学生なんて珍しいから、おばちゃん気になっちゃって。その荷物の感じだと、旅行か何か？」

「ええまあ。東京の端の三狛江《みこまえ》から来ました」

答えたのは宗太《そうた》だ。

「あら、そんなところからわざわざ！」

「はい」

宗太は愛想よく笑顔を浮かべ、おばちゃんからグラスを一つずつ受け取り、全員に回していく。こういう外面《そとづら》のよさは昔からで、宗太はうちの両親にもすぐ気に入られていた。

グラスを渡し終えたところで、おばちゃんがおもむろにたずねる。

「ちょっと話が聞こえちゃったんだけど、イースト・ラネルがどうとか言ってた？」

「え……あ、はい」

「工場見学か何か？」

宗太がこちらを振り返り、「どうする？」と視線で問いかける。

俺たちは肩をすくめるしかなかった。

宗太が頷《うなず》き、会話を続ける。

「そうなんです！　イースト・ラネル繊維の見学に来ました。学校の課題でその、宇宙開発についてーー」

「でもあそこ、日曜は閉まってるわよ」

おばちゃんは事もなげに告げ、俺たちを凍りつかせた。

4

実際、イースト・ラネル繊維の工場は閉まっていた。念のためにと訪ねてみたものの、入口は無骨な鉄柵《てっさく》で塞《ふさ》がれていた。周辺には多数の工場があり、中には稼働しているものもあったけど、一帯は悲しくなるほどの静けさに包まれている。希望を絶たれた俺たちは、重い足取りで工場エリアを離れることにした。

「え……どうするよ、これ」

宗太の声は絶望感に満ちている。

正直手詰まりな気がするけど、なんとか希望を繋《つな》ごうと頭をひねってみた。

「他の工場とか駅前の商店街で、聞き込みでもしようか。もしかしたらイースト・ラネルの従業員に会えるかもしれない」

「まあ、可能性はゼロじゃないが……」

宗太は特大のため息をつき、ただでさえ落としていた肩をさらに落とす。

そして悲痛な叫びをあげた。

「五時間かけてここまで来て、僕らはいったい何をやってるんだ！」

まったくもってそのとおりで、俺には返す言葉がない。

紗季《さき》も肩を落とし、なんとも気まずそうな表情を浮かべている。

が、そんな中でも相変わらずだったのが華乃子《かのこ》だ。宗太《そうた》の悲痛な叫びを聞いていなかったのか、あっけらかんとした調子で告げる。

「そうだ、夏祭り」

「は？」

軽蔑《けいべつ》に満ちた宗太の視線をものともせず、彼女は満面の笑みを浮かべて続ける。

「商店街に旗が出てたじゃん！　せっかくだし、このまま夏祭りに行かない？」

ハムカツ丼のおばちゃんの店に戻り、夏祭りについて聞いてみた。商店街に出ていた旗はあくまで宣伝で、実際の夏祭り会場は二駅ばかり離れたところの大きな神社らしい。工場の件もあって、俺たちのことを気の毒に思ったのだろう。おばちゃんは神社への行き方も親身になって教えてくれた。幸いにもそれが宿の方向と合致していたため、俺たちはいったん荷物を置きに宿へ寄り、それから神社を目指すことにした。

ところどころで道に迷ったり、興味を惹《ひ》かれた店に立ち寄ったり、隙《すき》あらばイースト・ラネル繊維について聞き込みをしたりしていたら、到着時にはもう日が暮れかけていた。調査の収穫は結局ゼロだったけど、夏祭りへ行くにはちょうどいい時間帯かもしれない。

5

　神社の敷地内は階段が多く、立体的に配置された屋台の並びは、三狛江《みこまえ》で見るものとは少し違っていた。大勢で賑《にぎ》わう会場の中央には広場があり、櫓《やぐら》を囲んで盆踊りまで行われている。

「けっこう大規模だね」と感想を告げてみた。

「盆踊りは盆にやるものじゃないのか。まだ七月だぞ」

　踊る人々を遠巻きに見ながら、宗太が素朴《そぼく》ないちゃもんをつける。

「旧暦がどうとか、そういうアレじゃない？」

　そっけなく応じた華乃子は、興味を惹かれる出店を見つけたらしく、「あっちあっち」と俺たちを引っ張っていく。

　何しに来たんだろうな――という想《おも》いはあるにはあるけど、華乃子も言っていたとおり、せっかくの機会だ。楽しんでおかないと、本当に何もない遠征になってしまう。だから俺は、導かれるまま祭りの空気に飛び込み、ずらりと並ぶ出店を見て回った。

　射的や輪投げといった定番だけでなく、三狛江の祭りでは見かけない、コリントゲームと呼ばれる古風なパチンコのような遊びにも手を出してみた。調査の空振りで気分が落ちていたらしい宗太も、そうこうしているうちに、いくらか覇気を取り戻していた。

「こういう神社のお祭りって、繋《つな》がってる感じがしない？」

日も暮れた頃、タコ焼き屋の列に並びながら、紗季《さき》がそんなことを言った。

宗太《そうた》と華乃子《かのこ》は別の屋台を物色中で、今は二人きりだった。

「昔行った夏祭りも、全然違う場所のお祭りも、全部繋《つな》がってるような感じがする。小学生の頃に三狛江《みこまえ》で夏祭りへ行った私も、三十歳になって、そのとき住んでる町の夏祭りへ行った私も、みんなこの会場のどこかにいる気がする」

その発想はとても魅力的で、ドキリとする何かがあった。

そして何より、懐かしい感じがした。言葉にしにくい何かを、普通のことのように話すのが彼女だ。俺たちの間に距離ができていなかったら、こういう瞬間をもっとたくさん持てたのかもしれない。

「……なんとなく分かるよ。俺はほら、小学校の途中で三狛江へ越してきたから。それより前に行った祭りも、三狛江の祭りも、記憶の同じところに入ってる感じがする」

頭上に並んだいくつもの提灯《ちょうちん》が祭りの空間を温かく照らし、屋台からは熱気とソースの匂《にお》いが漂ってくる。

人混みを掻《か》き分け、父さんに手を引かれて歩いた幼い頃の自分と、今日のメンバーで祭りを訪れ、無邪気に騒いでいた中学生の頃の自分。そんないくつもの自分たちが、同じ景色の中ですれ違うイメージが頭をよぎった。あるいはそこには、俺にはまだ認識できない、未来の自分も居合わせているのかもしれない。

たとえば今この瞬間も、ふと視線を向けた人混みの中に——

紗季《さき》はさ、人のことはよく見てるのに、自分の足元を全然見てないことがあるんだよね

突然、聞き覚えのある声がした。優しい雰囲気《ふんいき》の、落ち着いた女性の声だ。驚いて音のほうを見ようとしたけど、その声には方向がなかった。それでも周囲を見回し、声の主を追いかけようとする。

いや、これは記憶か。

紗季の言葉に触発されて、過去の想《おも》い出が奇妙な実在感でよみがえってしまったのかもしれない。上手《うま》く説明できないけど、感覚としてはそれで納得できた。

じゃあさっきのはいったい、いつの、誰の言葉だろう。

……だからあの子のことは、みんながよく見てあげて

ああ、そうか。これは千穂姉《ちほねえ》の言葉だ。隕石《いんせき》事故の少し前だから、俺たちは中学二年で、千穂姉は高校一年だった。それはまさに、神社の夏祭りへ行った時のことだった。紗季が人混みの中でひったくりを目撃し、追いかけようとして転び、膝《ひざ》に軽い怪我《けが》を負ったのだ。悔しがる

彼女を手洗い場に連れていって傷を洗っていると、別グループで来ていた千穂姉が通りかかり、今の言葉を俺たちに語った。

お祭りは繋《つな》がってる――か。

その発想のおかげで、不意に浮かび上がった記憶。隕石の衝突によってこの世を去った、早《はや》坂《さか》千穂の言葉。ただの偶然じゃない気がした。

「理久《りく》」

「え？」

今、目の前にいる紗季が俺に声をかけていた。

「もうすぐ順番だよ。タコ焼き、何個買えばいいかな？」

「ああ……二パックとか？」

俺はもう一度周囲を見回し、時空を超えた幻影を求めた。

この人混みのどこかで、千穂姉が俺たちを見ている気がして。


それから宗太《そうた》たちと合流し、俺たちは祭りの夜を過ごした。

タコ焼きに、ラムネに、バカ話――チャーリーの件で再び集まった四人だったけど、調査とまったく関係のない戯《たわむ》れには、また別の懐かしさがあった。

紗季が夏祭りの時空論を語ったのも、宗太や華乃子《かのこ》と賑《にぎ》やかなやり取りができたのも、本来の目的が空振りに終わったからだ。調査遠征のはずが夏祭りを満喫することになった奇妙な旅も、それはそれで悪くなかったのだと思う。

6

長い一日は、出費を抑えるために選んだ安宿で終わりを迎える。

旅館のような趣《おもむき》は微塵《みじん》もなく、あくまで宿泊施設といった感じの無機質な宿だ。露天風呂なんてあるわけもなく、本日の汚れと疲れは、「大浴場」と呼ばれる味気ない風呂で落とすことになった。

磨《す》りガラスの付いた戸を引くと、大浴場には先客が二人いた。

浴槽のど真ん中で気持ちよさそうに目を閉じている老人と、隅のほうでやけに険しい表情を浮かべている強面《こわもて》の男。なんとなく、どちらからも可能な限り距離を置いた洗い場を選び、俺は体を洗い始めた。

一緒に来た宗太《そうた》は、メガネがないせいか、普段より幼い印象がした。

俺の隣の蛇口を使い、流れ出るお湯をぼうっと眺めている。

用意されている木製の椅子は、高さの問題なのか材質の問題なのか、絶妙に座り心地が悪い。それでも体を洗うこと自体は心地よく、総合的には癒《い》やしを得られている。そうやって体を清めながら、俺の思考は今日の総括を始めていた。

結局分かったのは、夏祭りが時空を超えるということぐらいだ。

ハムカツ丼を食べた定食屋と、他にいくつかの場所でイースト・ラネル繊維について聞いてはみたけど、地元の有名企業として好意的に見られているということ以外、得られた情報は特にない。宇宙服の線での調査は行き止まりか。となると、華乃子《かのこ》がネットの海に放った暗号文の行く末が頼りとなる。


髪と体を洗い終えると、俺たちは一緒に湯船へ向かった。いつの間にか先客の老人はいなくなっていて、浴槽には隅のほうで険しい表情を浮かべている四、五十代らしき強面の男がいるだけだった。

全身が温まっていく心地よさに身を委《ゆだ》ね、何やら浮かない表情の宗太に声をかける。

「なんだよ。工場のこと、まだ引きずってるのか？」

「ああ」

「なんだかんだ楽しかったたし、完全に失敗ってわけじゃないと思うけどな。想《おも》い出にはなった」

「確かに気分は上がった。でもやっぱりダメだ。風呂ってのはどうも、嫌なことが頭に浮かびやすい」

宗太はやれやれと首を振る。

「……僕はいつもこうだ。勢いに任せるだけで詰めが甘い。華乃子《かのこ》も言ってたけど、突っ走るだけの阿呆《あほう》さ」

「そんなこと言ってたっけ？」

「ああ。行きの電車でな」

正直記憶にはなかったけど、言われた本人としてはグサリとくるものがあったのだろう。

「だけどさ、工場が休みだったのは、俺たち全員の見落としだろ。それを言うならみんな阿呆だ。骨の件があんまりスムーズに運んだから、ちょっと調子に乗ってたのかも」

フォローではなく、実際そう思っていた。

日曜は休業、なんて当たり前もいいところだ。それが見えなくなっていたのは、非日常の熱に浮かされていたせいかもしれない。だから、遠征決行を推し進めた張本人とはいえ、宗太《そうた》がそこまで落ち込む必要はないはずだ。

それでも黙り込む宗太を見て、俺はもう少し腹の内を明かそうと思った。

昨日、隕石《いんせき》の落下地点で授けられた、華乃子の叡智《えいち》を活《い》かすためにも。

「宗太は俺たちをもう一度繋《つな》いでくれた。一生に一度ってレベルの特別な体験に導いてくれた。その時点でものすごく感謝してる。特に、紗季《さき》と昔みたいに話せてるのが嬉《うれ》しいんだ。千穂姉《ちほねえ》のことがあって以来、微妙な感じになってたから……」

宗太は難しそうな顔をして、肩が浸《つ》かるまで体を湯に沈めた。

毛布にくるまるように、首だけ外に出した状態でぽつりと告げる。

「……そんなカッコいいもんじゃない」

「え？」

「僕だって同じなんだよ。紗季と微妙な感じのまま卒業するのが嫌だった。彼女にはずっと、憧れてたから」

宗太は深いため息をつき、それから思い出したように付け加えた。

「あ、憧れっていうのは色恋的なアレじゃないぞ？　自然と人を惹《ひ》きつけて引っ張る感じというか、そういうところをリスペクトしてた。今こうして理久《りく》とつるんでるのも、地下神殿の発表課題で紗季が引き合わせてくれたからだ。正直、元いたグループじゃ少し浮いてたんだよ。あそこで新しい四人組ができて、楽しいことがたくさんあった。だからずっと、紗季との関係を正すきっかけを探していた。そしたらそこに、旧校舎解体の話が出てきて――」

「いや、ちょっと待って」

宗太は何か、とんでもないことを告白している気がする。

だけど理解が追いつかない。

きっかけを探していたら、旧校舎解体の話が出てきた……？

「ちょうどいいと思ったんだ。三人でまた旧校舎に忍び込めば、昔の感じを取り戻せるんじゃないかってな。〝呪いのお札〟が僕らを繋《つな》いで、五年越しの伏線回収……とか、下らないことを考えてた」

「でも……宗太《そうた》は最初、俺を屋上に誘ったじゃないか。そこから旧校舎へ行ったのは話の流れだったし……駐車場で紗季《さき》と会ったのも偶然だろ？」

宗太はちらりと俺のほうを見て、自嘲《じちょう》気味に笑った。

「全部芝居だよ。紗季があの駐車場にいたのは、紗季の友達に頼んで呼び出してもらったからだ。で、ドタキャンさ。せっかく駐車場まで来たのに、突然やることがなくなって、そこに僕らが現れた」

「なんでそんなこと……」

紗季を誘いにくかったにしても、いやに遠回りなやり方だ。

「僕には自然と人を惹《ひ》きつけることなんてできない。だから力業さ。芝居に頼って、〝運命〟を演出したかった。欲求不満な演劇部員を舐《な》めてもらっちゃ困る」

まただ。ここでもまた、その言葉が俺の前に立ちはだかる。〝運命〟を演出したかったと語る宗太の心情は、分からなくもない――けど、どうしても気になることがあった。

「確認なんだけど、チャーリーを見つけたのは偶然でいいんだよな？」

「当たり前だろ！　さすがの僕も、芝居のために死体までは用意しない」

「ああ、よかった……色々拗《こじ》らせすぎて、完全に向こう側へ行っちゃったのかと思った」

「ご心配どうも」

宗太はようやく表情を緩め、沈めていた肩を湯から出した。

「だけどな、そういうわけだから、勢いだけでここまで突っ走ってきたっていうのが事実なんだ。せこい小芝居までしてみんなを巻き込んだ以上、チャーリーの件はしっかり片をつけたいと思ってる。だからさ、今日の空振りは痛いんだよ」

そう言ってこちらを見た宗太の表情は、話した内容の割に、どこか晴れ晴れとしていた。

昨日の華乃子《かのこ》もそんなだったな、と気づいて少しおかしく思った。

胸に抱えているものを、言うだけ言ってスッキリした表情なのかもしれない。

「なあ宗太。俺ってもしかして、打ち明け話をしやすいタイプなのかな」

「なんだよそれ」

「いや、最近こういうことが連続してて」

「へえ……だったらその才能を活《い》かして、紗季ともじっくり――」

と、宗太が言いかけた時。

「なあ兄ちゃん」

背後から突然、声を掛けられた。

驚いて振り返ると、さっきまで浴槽の隅にいた強面《こわもて》の男がすぐ後ろにいる。

思いもよらない展開に思考が凍りつき、まったく返事ができなかった。

男は俺の耳元に顔を寄せ、凄味《すごみ》のある声で告げた。

「イースト・ラネルについて嗅《か》ぎ回ってんのは、兄ちゃんたちだな？」

7

きっかけはなんと、昼に訪れた定食屋のおばちゃんだった。工場の休業に落胆する俺たちを気の毒に思い、ツテをたどってイースト・ラネル織維の従業員に連絡をしてくれたらしい。そうして俺たちに興味を示し、わざわざここまでやって来たのが、いま目の前にいる加藤《かとう》氏だ。

宿泊先を特定できたのは、おばちゃんから神社への行き方を教わった時、途中で宿に寄って荷物を置いていこうと話していたからだろう。

「風呂で待ってりゃ必ず現れると思ってな。しかし現れたら現れたで、ずっと話し込んでるから割り込むタイミングが難しかった。危うくのぼせちまうところだったぜ」

大浴場を出てすぐの休憩スペースで、加藤氏は一人掛けソファーにどっかり座りながら語った。そうして今しがた開けた缶ビールをひと口飲み、目の前のローテーブルに叩《たた》きつけ、絵に描いたような「カァーッ」を発する。

初めはかなりの強面に思えたけど、今はすっかり気のいいおじちゃんと化している。信じられない変貌《へんぼう》ぶりは、のぼせそうになって険しい表情をしていたのが原因だったらしい。

「そうだ。兄ちゃんたちもどうだ？　三狛江《みこまえ》からはるばる来たんだろ。一杯ぐらいおごってやるぞ」

「いや、僕らは未成年なんで……」と宗太《そうた》が両手を前に出す。

「はは、そりゃそうか。ならコーヒー牛乳でも飲《や》るか？」

お言葉に甘え、俺たちは瓶入りのコーヒー牛乳をご馳走《ちそう》になった。

簡単な自己紹介を交わすと、加藤氏はイースト・ラネル繊維に勤めるベテラン従業員であることが分かり、会社のことを知りたければなんでも聞いてくれと言ってくれた。そういう機会に飢えるような事情があるのか、ただ単に世話焼きな性格なのか、妙に鼻息の荒い親切さは少し不気味でもある。

が、不気味だろうとなんだろうと、奇跡的なこのチャンスを逃すわけにはいかない。無駄足になりかけているこの遠征が、ここに来て一発逆転するかもしれないのだ。

「あの、実は見て欲しいものがありまして」

と宗太が切り出し、スマホで開いた写真を加藤氏に見せる。宇宙服の腰辺りに薄《う》っすらと浮き上がって見える、『E』と『R』を掛け合わせたロゴマークの画像だ。

「見えにくいですけど、この薄《う》っすら見えるのって、イースト・ラネル繊維のロゴですよね」

「んん？　確かにそうみたいだが、こいつはいったいなんの写真だ？」

「実はこれ……」と手元でスマホを操作し、別の写真を表示させて見せる。

頭蓋骨が写らない範囲で撮影された、さっきよりも引きの一枚だ。これなら宇宙服だということがひと目で分かるし、死体だということは分からない。

「どうやら宇宙服みたいで。これってイースト・ラネル繊維の製品なんですか？」

「いや……どっかで見たような気もするが、うちで作ったもんじゃあねえな」

「でも確か、政府の宇宙開発プロジェクトに参加してますよね。プロジェクトが発表された時のネット記事を見ました」

知ってたのか、とでも言いたげに加藤《かとう》氏は片眉を上げた。

それから逡巡《しゅんじゅん》するような間を置き、申し訳なさそうに首を振った。それまでの和《なご》やかな雰《ふん》囲気《いき》が後退し、深刻なムードが漂い始める。

「申し訳ない」加藤氏は声を落として告げた。「その件はいかんせん、お上のプロジェクトだからな。うちが関わってるってこと以外、守秘義務でガチガチなんだ。わざわざここまで来てガッカリだろうが、教えてやれることは何もない」

それは確かに残念な回答だけど、同時に怪しくもある。

なんとかもうひと押しできないかと考えていると、加藤氏が再び口を開いた。

「こっちは何も答えないのに勝手な話だが、一つ聞いていいか？」

俺たちは黙って頷《うなず》いた。

「その宇宙服、いったいどうしたんだ」

さて。死体が着ていた、という事実を伏せる以外、余計な嘘《うそ》はつかなくていい。定食屋ではそういう話になりかけた——けど、本当にそれでいいのだろうか。はっきりと理由を言語化することはできないけど、できるだけ無関係を装ったほうがいいという防衛本能が働いていた。

宗太《そうた》と顔を見合わせ、意思の疎通をはかる。

宗太は「行け」とでも言うように、加藤氏のほうへ小さく首を振る。

ならば、ここは再び嘘で乗り切ろう。

「うちの高校には、もう使われてない旧校舎がありまして。そこがもうすぐ取り壊しになるんですけど、解体前の点検作業で見つかったんです。どういうわけか、物置にこれが入っていて。もう学校中大騒ぎです。それでみんな、宇宙服の謎を追い始めて……」

「みんな？」と加藤氏が詰め寄る。

「ええと、みんなっていうのはその……学校側はもちろん、生徒たちも興味津々《きょうみしんしん》でして。独自に探偵ごっこをしてる同好会みたいなものが乱立して……誰が最初に謎を解くか、って競い合ってる状態なんです。そんな中、まだ誰も気づいてないイースト・ラネル繊維のロゴに気づいたぼくらは、抜け駆けしてやろうと調査遠征に乗り出しまして……」

話しながら適当にまとめることになったけど、果たして説得力はあっただろうか。一応、無邪気な好奇心で動いているに過ぎないことを強調し、余計なトラブルを呼び込まないよう調整したつもりだ。

加藤《かとう》氏はそんなホラ話を黙って聞き届け、なるほど、とつぶやいた。

それから腕を組んで考え込み、ビールをひと口飲んでから言った。

「協力したいのはやまやまだが、守秘義務は守秘義務だからな。うちで作ってる宇宙服については、やっぱり何も語れない。でもな、オレは兄ちゃんたちの熱意に胸を打たれた！　青春って感じでいいじゃねえか、ちくしょう！」

「はあ……」と俺は困惑する。

「だからひとつだけ。宇宙服そのものについては語らず、あくまでグレーな情報を提供してやる。いいか？　うちが宇宙服の開発に関わってるのは確かだが、そいつはまだ完成には程遠い」

そして加藤氏は、世界一面白いジョークでも言うように告げた。

「うちの宇宙服が実在するとしたら、そいつは未来からやって来た宇宙服だな！」

8

加藤氏と別れて部屋に戻ろうとすると、何やらそわそわした様子の紗季《さき》と華乃子《かのこ》が男子部屋の前で待ち構えていた。俺たち同様、ホテルに用意されていたパジャマを着ている。当然、浴衣《ゆかた》なんて気の利《き》いたものじゃなく、患者衣やマッサージ師の制服を思わせる臙脂色《えんじいろ》の上下だ。

俺たちに気づくなり、華乃子が駆け寄ってきた。

「遅い！　どんだけ念入りに体洗ってんのよ」

「何かあったのかと思って心配したんだから」と紗季も小走りで追いつく。

「聞いて驚くな！　僕らはたった今、とんでもない情報を摑《つか》んできたところだ」

宗太《そうた》が誇らしげに告げるも、華乃子は挑発的な笑みを浮かべて意味深な間を作った。

「なんだよ」と宗太が突っ込む。

「実はこっちも、とんでもない報告があるんだ」

俺たちは狭苦しい男子部屋に入り、二つあるベッドに適当に腰かけて報告会を開始した。先攻は男子チーム。加藤氏との邂逅《かいこう》と、その後のやり取りを宗太が臨場感たっぷりに伝え、まさかの展開に紗季も華乃子も驚いていた。

が、とんでもなさの度合いでいえば、続く女子チームからの報告には敵わなかった。

「まずはこれを見て」

華乃子がスマホを掲げ、ＳＮＳのダイレクトメッセージ画面を表示させる。

初めまして、マクラウドと申します。華乃子《かのこ》さんの暗号、解読に成功しましたっ☆

華乃子が高らかに宣言する。

「とういわけで、解読完了です！」

と驚きの声をあげる俺たちを見て、

「ええ!?」


参加型作品として提示された暗号文は、華乃子が普段投稿している捏造《ねつぞう》系作品よりも拡散力があった。解読に挑む人どうしの交流が生まれやすいからか、それまでとは別の層にもリーチしやすかったのか、正確な理由は知る由《よし》もない。けれど、突如《とつじょ》始まったこの暗号ゲームは、瞬間的にトレンド入りも果たすほどの勢いで広まり、もともとは華乃子のことを知りもしなかったマクラウドなる人物にまで届いたのだ。調査遠征で忙しくしていたこともあり、そこまでの盛り上がりがあったことは、華乃子自身も気づいていなかったらしい。

アカウントのプロフィール情報によると、暗号を解いたマクラウド氏は「歴史とゲームが好きなごく普通の会社員」とのことだ。

暗号の仕組みは、おおよそ次のようになる。

各種の記号は音声を表記したものであり、上下に分解可能な「古」「占」「吊」「呆」のような文字はそれぞれ、上部が子音、下部が母音を表している。紗季《さき》が分析して発見した、上部が約二十種、下部が約十種という数の差は、子音と母音の数の差から生じていたのだ。

「母音って『あいうえお』の五種類じゃないの？」

俺が疑問を口にすると、すでに概要を呑《の》み込んだらしい華乃子が解説してくれた。

「英語の辞書とかにある発音記号で考えると分かりやすいみたい。あの表記法だと、『あい』とか『えい』とかの二重母音も一つの母音として扱うし、日本語では区別しない『あ』のバリエーションがあったりで合計十数種類になるみたい」

宗太《そうた》はこの説明の間、終始眉間《みけん》にしわを寄せていた。

「よくそんなことが分かるな。そのマクラウドって人、ほんとに『ごく普通の会社員』なのか？」

華乃子がスマホを見ながら答える。

「いまね、〝答え合わせ〟と称して解読までの経緯を聞いてるんだけど……前に観た映画に、似たような暗号が出てきたらしい。で、日本語ベースで考えちゃうと、さっき説明した二重母音のところとかがトリッキーで難しいかもって。いやあ、やっぱすごいわ、この人。『仕組みの見当をつけたとしても、何かしら正解の分かっている単語がないと各記号がどの音に対応するかを絞り込むのが困難です。結果、各記号の出現頻度を足掛かりにしつつ、意味を成す文章が現れるまで総当たりで無数のパターンを試す必要があり、そのための簡単なプログラムを作って解読しました』ってさ」

正直、分かったような分からないような感じだけど、解読方法を正確に理解する必要はないから気にしないことにした。それより重要なのは、解読の結果そのものだ。意味を成す日本語の文章が浮かび上がったのは幸いだったけど、その内容があまりにも不可解だった。

お前たちがこれを読んでいる頃には、我々はもう脱出しているだろう。
外の世界、すなわち現実世界へと。
我々は気づいている。
現在がこの世界より、ずっと未来にあることも、
この世界が*Enlaced Inner Space Archiver*の中にあることも。
我々は戦い、すべての仲間たちを解放する。

※句読点を含む表記はこちらで判断

——それが、マクラウド氏による解読結果だ。

「なんだこれ？」

というのが率直な感想で、華乃子《かのこ》も紗季《さき》も肩をすくめるばかりだった。

すべてが意味不明ながら、特に気になったのはEnlaced Inner Space Archiverなる存在への言及だ。まったくもって意味が分からない。

だいたい、もったいつけたこの英語名はなんだろう。

俺はスマホの辞書アプリを使い、調べた結果を説明してみる。

「エンレーストは『ひも』のlaceに接頭辞enを付けたen-laceで、『組み合わせる』とか『からませる』の過去分詞形だから、『組み合わさった』みたいな意味だね。インナースペースは『内部空間』。アーカイブは記録するとか保管するとかだから、全部合わせると『組み合わさった内部空間の保管装置』……?」

「もうね、さっぱり意味分からん」と華乃子が首を振る。

今の翻訳にどうも納得できなくて、俺はもう一度辞書アプリを操作した。

「inner spaceに別の意味がいくつかあるな。内宇宙、大気圏、海面下、それから――」

最後に書かれていた意味を見た瞬間、嫌な予感に襲われた。

これがたぶん正解で、何かとても厄介《やっかい》なことになりそうな気がしたからだ。

「それから?」

と紗季に問われ、俺はその意味を告げた。

「……精神世界」

9

その後は、思いつく限りの仮説を四人でぶつけ合った。

キーとなったのは、改訂版・俺訳で言うところの【統合精神世界保管装置】、原文で言うところの【Enlaced Inner Space Archiver】だ。En-Lacedと分けて考えれば、頭文字がELISAとなることにはすぐ思い当たった。チャーリーの手帳に記されていた「ELISA計画」がこれを指すのだとしたら、暗号文はその計画に対する宣戦布告のように思える。


我々は戦い、すべての仲間たちを解放する。


それはすなわち、ELISA計画からの解放を意味するはずだ。統合された精神世界を保管する装置、という名をそのまま受け取るなら、手帳に綴《つづ》られていた198X年の世界は、人の精神を合体させて作った仮想現実のようなものとも解釈できる。

仮想現実を生成する未来の超技術、通称エライザ。

その中に囚《とら》われた人々と、解放を目指して抵抗する勢力。

解読結果からは、そんな構図が見え隠れしている。だけどこの推測が正しかった場合、宣戦布告文が暗号で書かれていたのはなぜだろう。そしてもし、暗号文の書き手がチャーリーなのだとしたら、そこから何が分かるだろう。

宣戦布告なら、相手に意味が伝わらなければ意味がない。

となるとあの暗号は、ELISA計画の管理者が使用している表記法なのかもしれない。

チャーリーは仮想現実からの脱出を企《くわだ》て、管理者に粛清されてしまったのかもしれない。

宇宙服の正体は、仮想現実と現実世界を行き来するための装備なのかもしれない。


議論を重ね、段々まとまってきたのがそんな仮説だった。昨日まではチャーリー宇宙人説やタイムトラベラー説が挙がっていたけど、ここに来て「仮想現実で築かれた八十年代への疑似的タイムトラベル」という、新たな可能性が生じてきた。

突拍子がないのは分かっている。それでも簡単に笑い飛ばせないのは、チャーリーが実際に死んでいるからだ。人が一人死んでいる以上、それを取り巻く状況が「ただの悪ふざけでした」で片づくわけがない。そこには何かしらの真相があるはずで、いま俺たちに考えつくそれは、紛《まご》うかたなきSF超展開に傾いている。

「でも……そんなわけなくない？」

議論が混迷を極める中、冷静に異議を唱えたのは紗季《さき》だ。

「暗号文の内容をそのまま受け取れば、確かにそういう解釈はできるかもしれない。でもそれが正解なら、チャーリーは結局、現実世界への脱出に失敗したってこと？　もしそうなら、仮想の八十年代に囚《とら》われて死んだチャーリーが、二〇二三年に姿を現した理由は？　何よりその解釈だと、チャーリーは今もまだ、仮想現実の中にいることにならない？」

話がややこしくなり、理解するまでに時間が掛かった。そして紗季《さき》の言わんとしていることを理解した瞬間、胸の奥にひんやりとした感覚が走った。

「確かにおかしいな。チャーリーが仮想現実の中にいるとしたら――」

彼女は頷《うなず》き、そんなわけない結論を告げる。

「私たちがいるこの世界も、仮想現実ってことになる」

幕間

――お前、死のうとしているな?
囚人《しゅうじん》は目を開け、ベッドの中で跳ねるように体を起こした。
まただ。またしても、樹海で出会った青色の巨人を夢に見てしまった。
――なぜ、あの男のことが頭から離れない?
囚人は困惑しながらも、心の底では、漠然とその理由を理解していた。
罪悪感だ。
青色の巨人と自分とに共通する、人として誇れない側面。
無意識下にあるそれが、いつまでも囚人にまとわりついていた。
だから囚人は、その歯がゆさを晴らすように、彼女のことを想《おも》う。
――絵里奈《えりな》は生きている。

あり得ない出来事が目の前で起き、終わったはずの物語に続きが書き足された。
そう気づいた時の胸の高鳴りは、囚人に生きる活力を与えた。
囚人はそうして、解放のための戦いに身を投じたのだ。
虚構の世界を破壊し、ELISAの呪縛から仲間たちを救い出すために。

——目覚めたその先で、彼女が待っている。

気づくと囚人は、ぶつぶつと何事かを口にしていた。
病床の絵里奈がつぶやいていた、あの言葉。
彼女が小さく唱えていた、不思議な呪文。
囚人にとってそれは、二人だけの秘密のマントラのようになっていた。

——ハジョウメイコク、エッサボクセツ。
——ハジョウメイコク、エッサボクセツ。

第四章　シャドードロップ

1

一夜明けた遠征二日目は、せっかくだからどこか観光へ、という話も特に出ず、ホテルをチェックアウトするなり帰路につくことになった。

電車内では、親に話すための架空の旅行エピソードをみんなで考えたり、会っていない間の華乃子《かのこ》の武勇伝を聞いたりと、どこかチャーリーの話題を避けている雰囲気《ふんいき》があった。

要は保留だ。

この世界が仮想現実である可能性については、「そんなわけない」という常識的見解に落ち着きつつ、胸の奥には落ち着かない何かがくすぶっていた。

骨の時と似ている。

まさか本物のわけがない、と自分に言い聞かせながら、心の底ではその可能性を否定しきっていない状態――ただ、骨に関しては本物であってほしいと期待している部分があった。それに比べて今回はどうだろう。

もし、万が一にも、この世界が本当に仮想現実だったら？

世界の根底を揺るがす秘密に、俺たちが触れてしまったのだとしたら？

宗太《そうた》はもしかしたら、ＳＦ映画の主人公にでもなった気分で、そんな状況を歓迎するかもしれない。華乃子はもう少し慎重な視点を持っていそうだけど、いざＳＦ展開になったら、誰よりも上手《うま》く適応しそうな気がする。

そして紗季《さき》は、そんな状況をどう思うだろうか。

今まで現実だと思ってきたこの世界が、すべて作り物だったら。

――俺はどういうわけか、その先を考えるのが怖かった。

2

「今週で学校も終わりか……時間は矢のように飛んでいくものね」

さらに一夜明けた火曜。

朝日の差し込むリビング・ダイニングで、母さんがしみじみと告げた。

静岡旅行の土産話《みやげばなし》は、昨日ひと通り済ませてある。チャーリーの件でもやもやしていた分、みんなで考えた架空のエピソードを語っている間は、妙な安心感があったぐらいだ。

「いよいよ受験も近いわけだし、しっかり切り替えてくのよ」

「分かってる」

俺はオムレツにケチャップをかけながら答えた。

「将来何をやりたいとか、いま明確なものがないなら、なおさら選択肢を広くしておかないと。そのために勉強しておくのよ」

「うん。ていうか、母さんの時はどうやって進路決めた？」

「お母さんは……まあ、偉そうに言えることじゃないんだけど、数Bのテストで0点を取ったことがあってね。分かんなくて放棄《ほうき》したとかじゃないのよ。ちゃんと真剣に解いたうえで、全部間違ってたの。でもそのテストが返ってきた時にね、ああ、自分は間違いなく文系に進むべきだって判断できた。分かりやすくてよかったかもね」

母さんが英文科出身なのは知っていたけど、この経緯は初めて聞いた。確かに、そこまで極端な苦手分野があれば、判断基準になるかもしれない。そうして現在、翻訳者の職に就いているのだから、選択は間違っていなかったと言えそうだ。

「でも俺は別に、そこまで極端な苦手科目ってないからなあ……」

「それはいいことでしょ。0点なんて取らないほうがいいんだから」

「うーん」とうなり、俺はオムレツを頬張《ほおば》った。

「選択肢があるのはいいことよ。とにかく、耳の裏が湿ってるうちは勉強をおろそかにしちゃダメ。やるべきことから目をそらす人間になんてなったら、お母さん悲しくなっちゃうから」

なんて釘を刺されてしまったけど、そのとおりなのだと思う。二日間予備校を休んだことについては、夏期講習前の最後の想《おも》い出作りということで大目に見てもらえた。とはいえ時期が時期だけに、こういうことは繰り返せない。とりあえず、〝耳の裏が湿ってる〟とかいう表現を辞書で調べておこう。

3

通学には自転車を使っている。見慣れた朝の風景を眺めながら、母さんに言われたことが頭の中でグルグルと渦巻いていた。

それなのに、受験や将来のことを考えようとしても、思考はいつの間にか、チャーリーへと傾いてしまう。ついさっき現実へ引き上げられたはずなのに、巨大な引力が俺を放してくれない。謎の宇宙飛行士と、その背後に広がる大きな闇。初めからあったその闇が、どんどん深みを増していた。俺たちはもしかしたら、本当に、本当にとんでもないことに首を突っ込んでしまったのかもしれない。

――この世界が仮想現実？

疑いの目で周囲を見回すと、すべてが作り物に思えてくる。中心部を離れると、一気に田畑だらけの風景へと切り替わるこの町には、元から書き割りのような嘘《うそ》っぽさを感じていた。それがまるで、巧妙に仕掛けられた伏線だったかのようだ。

青空の下にそびえる、三狛江《みこまえ》高校の四角い建物。

校門へ吸い込まれていく生徒たち。

このすべては、本当に存在しているのだろうか？

そんなことを考えながら校門に差しかかった時、視線を感じた気がした。

反射的にその根源を探すと、校門から少し離れた電柱の傍《かたわ》らに女が立っていた。目深《まぶか》に被《かぶ》ったベージュのキャップの下から、長い黒髪が伸びている。服装は黒のブラウス、ジーンズ、ショルダーバッグと地味だけど、スラリとした体型が目を引き、存在感がある。自転車で校門を通過する間の、一瞬の出来事だ。気のせいかもしれないけど、ちらりと見えた鋭い目が、こちらを凝視《ぎょうし》していた気がした。

どうも怪しい――と思いかけてはたと気づく。世界そのものに疑念を抱《いだ》いている自分に、怪しい女の一人がなんだというのだろう。疑いの目を向ければ、怪しさはいたるところに見出《みいだ》せる。

むしろ奇妙なのは、あの女を怪しむ自分か。

俺には判断ができなかった。

4

昼休みの調査報告会はこれまで通り開かれた。

相変わらず蒸し暑い部室の扉を開けると、一番乗りの宗太《そうた》がホワイトボードに今回の議題を書き連ねていた。遠征での急展開に戸惑っている様子はなく、「よっ」と軽い調子で告げると板書を再開する。

俺はいつもの席につき、報告会の開始を待ちながら部室を見回した。

壁沿いの机には様々な小道具類が並んでいる。中世ヨーロッパ風の武具や未来的なレーザー銃があるかと思えば、小道具とも実用品とも言えそうな現代の事務用品もある。その他には照明器具や台本など、舞台の外側に関わる道具も交じっていた。噴出口のようなものが付いた黒い箱は、演出用のスモークマシンか何かだろう。

——これもある意味、仮想現実か。

なんて考えていると、紗季《さき》が部室に到着した。彼女は小さくため息をつきながら席に着き、いつものノートと筆記具を机に出した。どこか疲れているような雰囲気《ふんいき》があるのは、俺と同じような重苦しさを感じているからだろうか。

メンバーが揃《そろ》い、「それじゃあ始めますか！」と宗太が息巻く。

ホワイトボードに書かれた内容はこうだ。

①イースト・ラネル繊維の宇宙服はまだ完成していない
↓あれが本物だとしたら、未来からやって来た宇宙服だな（加藤《かとう》氏談）
↓よってチャーリーの宇宙服は偽物《にせもの》？

②手帳に記されたエライザ計画の真相
↓仮想現実を生み出す超技術が存在？
↓チャーリーはそこからの脱出を企《くわだ》てる反逆者？

③旧校舎登場作品の鑑賞会、もはや不要説
↓なんかもう、関係なくなってる……？

ざっと目を通す間を置き、宗太《そうた》が話し始めた。
「①から順番にいくぞ？　加藤氏によると、イースト・ラネル繊維が携《たずさ》わってる宇宙服はまだ開発段階にあり、そんなものはこの世に存在しないとのことだ。スーツのロゴは、あれが宇宙服であることの証拠に思えたが、むしろ逆だったことになるな。あのロゴが付いてるからこそ、本物の宇宙服である可能性はなくなった。なぜなら……イースト・ラネルの宇宙服は存在しないからだ」

宗太は俺たちを一瞥《いちべつ》し、ゆっくりと人差し指を立てる。

「ただし！　加藤氏の言葉どおり、あれが〝未来から来た宇宙服〟なら話は別だ」

そして沈黙。

全員が口を閉ざしたまま、数秒が過ぎる。

俺はそこに、嫌な緊張感を覚えた。

これまで同様、嬉々《きき》としてチャーリーの謎に挑む宗太と俺たちの間に、わずかな隔《へだ》たりが生まれているからだと思う。少なくとも俺はそうだ。「この世界が仮想現実かもしれない」だなんて可能性を含めたまま、探偵ごっこを続ける気分ではなくなっていた。かといって、ここで調査をやめにしたいわけでもない。だからつまり、自分でもどうしたいのかが分からず、漠然と暗い気持ちになっていた。

沈黙を破ったのは紗季《さき》だ。

「でも加藤さんはそれ、冗談で言ったんだよね？　未来から来た宇宙服って」

彼女はノートの表紙に手を置き、トン、と指で叩《たた》く。

少し苛立《いらだ》っていそうな仕草だ。

「そうとも限らないんじゃないか？　加藤氏はほら、守秘義務でガチガチになってる感じだったからな。許容されるギリギリの言い方で僕らに何か伝えようとしたのかもしれない。エライザ計画がもし実在して、そこに未来の超技術が絡《から》んでるんだとしたら、加藤氏の言う守秘義務は、僕らが思ってる以上に巨大な秘密を指すのかもしれない」

「巨大な秘密？　まさか宗太《そうた》、イースト・ラネル繊維がタイムマシン作りに関わってるとか言いたいの？　繊維会社が？」

「タイムトラベルにスーツが必要なら、そりゃあ繊維会社だって関わるだろ。それと、例の暗号文をふまえるなら、タイムマシンじゃなくて仮想現実の可能性が高い。エライザと呼ばれるそれは遠い未来に完成して、チャーリーはその技術で作られた八十年代の世界に囚《とら》われてたのかもしれない」

「でもそんなこと言ったら……」

「分かってる。そのシナリオで考えると、チャーリーの死体が見つかったこの世界も、エライザの中ってことになる」

「だったら繊維会社も何もなくない？　宗太の言ってることは滅茶苦茶だよ……仮想現実なんてあり得ない！」

「言い切ることはできないだろ？　僕らはもしかしたら、世界の秘密に触れたのかも――」

「だからそんなわけないでしょ！」

紗季《さき》が声を荒らげ、両手で机を叩《たた》いた。

「初めからなんかおかしいと思ってたけど……もしかしてさ、みんなして私をだまそうとしてる？」

「いや……どうしたんだよ、急に」

宗太はたじろぎ、引きつった笑い交じりに告げた。

突然の激昂《げきこう》そのものにも驚いたけど、彼女の言わんとしていることが見えなかった。

みんなして私をだまそうとしてる？

チャーリーの件そのものが、仕組まれた茶番だと疑っているのだろうか。

いや、そうじゃない。加藤《かとう》氏の登場でどこか有耶無耶《うやむや》になってしまったけど、宗太は実際、紗季をだまして旧校舎へ誘ったのだ。そして俺も、そのことを知りながら黙っていた。もしかしたら彼女は――

「チャーリーを見つけたあの夜、駐車場で偶然会ったよね？」

間違いない。彼女は気づいている。

宗太が演出した、〝運命〟の真相に。

「あのとき私、麗香《れいか》って友達に呼び出されたの。相談したいことがあるって言われて。でも麗香、急に来れなくなっちゃってね。すごい謝られたけど、別にちょっと無駄足になっただけだし、まあいっかって、大して気にしてなかった。そしたらそこに、宗太と理久《りく》が現れた」

「ああ……」と宗太は声をもらし、気まずそうに下を向く。

「今朝、教室に着いたら麗香《れいか》がなんかニヤニヤしてて。どうしたのか聞いたら、麗香の友達が日曜に私を見たんだって。四人で三狛江《みこまえ》駅にいるところ。遠征に出発するところだね。そしたら麗香がさ、私と宗太《そうた》がイイ感じなんじゃないか、って勘ぐってきて」

そこで紗季《さき》は立ち上がった。

向かいの俺を一瞬見てから、ホワイトボード前の宗太に詰め寄る。

「宗太が頼んだんでしょ？　私をあの駐車場に呼び出してくれって。それで麗香、宗太が私に告白する気だって勘違いしてたみたい」

「そうか……」

「偶然じゃなかったんでしょ？　宇宙飛行士の死体も何もかも、みんなで仕組んだ悪ふざけだったってこと？　どうして？　それが楽しいと思ったの？」

彼女の声が、微《かす》かに震えていた。

俺は反射的に立ち上がり、叫んでいた。

「違うって！　宗太が仕組んだのは最初だけだ！　宇宙服や白骨死体まで用意できるわけないだろ？　宗太はただ、高校最後の夏に、みんなでまた集まれたらって——」

「やっぱ理久《りく》も知ってたんだ」

そう言ってこちらを見た彼女は、悲しげな目をしていた。

疎外感《そがいかん》、怒り、失望、困惑——そこにある感情を完璧に読み取れる自信はないけど、「悪気はなかった」のひと言では決して越えられない、大きな隔《へだ》たりを感じた。

言葉に詰まったまま、紗季と視線を交わす。

彼女の潤《うる》んだ瞳が、震えていた。

「何か言ってよ、理久」

最後にそう告げると、彼女は部室から出ていってしまった。

呆然《ぼうぜん》としたまま数秒が過ぎ、宗太がぎこちなく口を開く。

「ここは……追いかける場面だよな？」

そうだ。

俺は頷《うなず》き、硬直していた体を慌てて動かそう——とした結果、目の前の机に盛大にぶつかってしまった。ガン、と硬い音が鳴り響き、パサ、と軽い音が続く。

「おい、落ち着けって」

宗太が声をかけてきたけど、俺の注意は別のところへ引きつけられていた。

たったいま床に落ち、偶然開かれた紗季のノート。

そこには、チャーリーの件とは明らかに関係のない、謎めいた文章がびっしりと書き込まれていた。

十和田（1997）：草刈りをしていた人が発見。近くのトタン屋根に、石と似た形の穴もあいていた。発見者は不思議に思いつつ石を拾い、自宅に保管。その約3年後、地元高校教諭がこの話を聞き、国立科学博物館に鑑定を依頼。発見は1997年だが、落下してきたのは1990年以前と思われる。十和田市文化センター。*0.0535 kg*

神戸（1999）：民家に落下。子供部屋の屋根を突き破り、いくつもの破片となって部屋に散乱。空中を落下する様子を大勢が目撃。この民家以外にも、未回収の破片が残っている可能性が——

それがなんなのかは、少し読めば明らかだった。

隕石《いんせき》だ。紗季《さき》が報告会に持ってきているノートは、半分ほどが隕石に関する文章や図で埋め尽くされていた。それが途中から、チャーリーの調査記録に切り替わっている。隕石に関する記述がどれぐらいの期間で書かれたものかは分からないけど、チャーリーと出会う以前の紗季が、隕石に関する何事かを、ひたすら記録していたことになる。

絵を描かなくなった分、隕石のことを調べるようになったという紗季の言葉が、脳裏によみがえった。以前は絵を描くのが好きだった紗季が、同じノートを使って何をしていたのか――勝手な想像に過ぎないけど、なんとなく分かる気がした。いや。勝手な想像に過ぎないからと、人の気持ちなんて本当には分からないからと、もっともらしく理由をつけて足踏みしているから、紗季は遠くへ行ってしまったんじゃないか。今、部室を飛び出してどこかへ行ってしまった彼女は、こうやって俺が足踏みしている限り、また遠くへ行ってしまうはずだ。

　俺はノートを持って部室をあとにし、宗太《そうた》と手分けして紗季を探すことにした。宗太は教室方面をあたっている。

　だったら――と俺は狙いを定め、駐輪場へ向かった。三狛江《みこまえ》高校は昼休みの間、食事を買いに行けるよう校門が開放されている。

　整理はまだついていないけど、自分の感覚に従ってみようと思った。

5

　紗季は道路と田んぼの間の斜面に腰を下ろしていた。その隣には、千穂姉《ちほねえ》の事故以来傾いたままの電柱が立っている。彼女はそこにもたれかかり、ぼうっと田んぼを眺めている。真昼の太陽がさんさんと輝く下で、その姿はいつもより小さく見えた。

少し離れた道路端に、赤い自転車が停《と》められている。

俺はその隣に自転車を停め、かごに入れていたノートを持って彼女に近づいた。

「やっぱりここだった」

紗季《さき》は電柱にあずけていた体を起こし、微笑《ほほえ》んだような、泣きだしそうなような、微妙な表情を浮かべた。

俺はその隣に腰を下ろし、道中で考えたことを言葉にする。

「まずは謝りたい」

「何を?」

「チャーリーを発見した夜のこと。駐車場で紗季に出くわしたのは偶然じゃなかった。それを知ってたのに、紗季に黙ってた。まあ……俺も宗太《そうた》にだまされてたんだけど」

「……どういうこと?」

「俺は最初、学校の屋上に誘われたんだ。失われた青春の象徴がどうとか言って、宗太が鍵を盗んできてさ。それから旧校舎へ侵入した時の話になって、呪いのお札がまだあるか、確かめに行こうってあいつが言いだした。結局それが全部、芝居だったんだよ。話の流れでたまたま旧校舎へ向かうことになって、その道中でたまたま紗季に会った。宗太はそういう筋書きにしたかったんだ」

紗季は少し考えるような間を置き、ぽつりと告げた。

「なんでわざわざそんなこと」

「本人いわく、〝運命〟を演出したかった……とか」

「何それ」

これまで散々意識してきたその言葉は、笑い交じりの「何それ」で彼女の前を通り過ぎた。

俺は頭を下げ、誠意を込めて謝罪する。

「静岡で宗太に打ち明けられたんだけど、それを黙ってた。ごめん……」

そのまま首を横に向け、紗季の反応をうかがう。

彼女は口を尖《とが》らせてこちらを見ていた。

目が合った。

「分かった。それはもういい」と彼女は頷《うなず》く。「理久《りく》もだまされてたんなら、まあ、仕方ないし。でもチャーリーは？　あれもお芝居だったんじゃないの？」

許されたらしいことを確認し、俺はゆっくりと首を上げた。

「いや、だって死体だよ？　宗太に白骨死体が調達できると思う？」

「それはでも、ハバース管を根拠に言ってただけじゃん。別の動物の骨を用意するとか、ごまかすことはできるんじゃない？　華乃子《かのこ》なんてほら、架空の動物の骨格標本とか作ってたし」

そうか、と俺は気づく。

紗季はチャーリーの骨の回収に立ち会っていない。あれが間違いなくチャーリーのものだと分かっている俺とは、立場が少し違ったのだ。疑おうと思えばそこがネックになり、俺や宗太《そうた》を疑うなら華乃子《かのこ》にも不信感を持つだろうし、おまけに彼女は捏造《ねつぞう》系アーティストという紛《まぎ》らわしい存在でもある。きっかけ次第で、すべてが信じられなくなる道筋ができていたのだ。

「仕組まれてたのは最初だけだよ。そこはまあ、信じてもらうしかないけど」

「うん」

「あれだったらもう一度旧校舎へ行って、一緒に骨を回収するとか――」

「それは必要ない……信じるから」

彼女はそう言って、体の向きを変えた。

俺と向き合うように、斜めに座り直して告げる。

「ていうか私もごめん。急に取り乱しちゃって、何言ってんだこいつって感じだったよね。自分でもなんか……何に怒ってるのかよく分かんなくなっちゃって」

そこで不意に、生温《なまぬる》い風が頬《ほお》を撫《な》でた。

誘われるようにして、記憶の中の風景が脳裏に浮かぶ。

夜闇と暖色の明かりに包まれた、遠い夏祭りの風景。

浴衣《ゆかた》姿の少女が、高校一年の千穂姉《ちほねえ》が、俺に何かを告げている。

紗季《さき》はさ、人のことはよく見てるのに、自分の足元を全然見てないことがあるんだよね静岡の夏祭りでも思い出した、音のないその言葉が、俺に理解をうながした。

紗季が気づかない、自分の足元……その意味が、今ここで繋《つな》がった気がした。あの時の千穂姉に、今ここで語りかけられた気がした。

紗季はきっと、自分自身の状況に気づいていない。

自分が何に対して怒っているのか。

どうして感情が昂《たかぶ》ったのか。

ここで言葉にしなければ、彼女がどんどん遠くへ行ってしまうと思った。

だから俺は、これまで越えられなかった一線をまたいでみる。


「千穂姉はもういない」

「え？」

「隕石《いんせき》の落下なんて嘘《うそ》みたいな事故だけど、それは確かに起こった。千穂姉は確かにこの世を去ったんだ。その実感がないから、紗季は今ここにいる。傾いた電柱を見て、これは現実なんだと確認してる」

「どうしたの、急に」

彼女の目が大きく見開かれていた。

柄にもなく語りだした俺に、驚いているのかもしれない。

「違ってるかもしれないけど全部言う。見当違いだったら、何言ってんだこいつって軽蔑《けいべつ》してくれていい。でも今はとにかく、幼馴染《おさななじ》みとしての見解を述べさせてほしい」

我ながら酷《ひど》い言い草だとは思ったけど、それが正直なところだった。それなりに彼女のそばにいた人間として、おそらく間違っていないという自信もあった。

「いい?」

「……分かった。遠慮はしなくていいから、理久《りく》の思ってることを全部聞かせて」

彼女はそう言って小さく頷《うなず》いた。

大丈夫だから、と促すようなその仕草は、自分に言い聞かせているようにも見えた。

「紗季《さき》はきっと、あの事故に現実味を感じられなかったんだ。俺だって信じられなかった。隕《いん》石《せき》が降ってくるなんて、あまりにも突飛なことだから。でもそれは確かに起こった。その実感を得たくて、紗季は隕石と向き合った。これまでに発見された隕石の記録を一つずつ調べ、理解しようとした。突飛なものではない、確かな現実の一部に取り込もうとした。その結果がこれだ」

俺は持ってきたノートを紗季に差し出した。

「ごめん。たまたま中が見えちゃって」

彼女はノートを受け取り、ゆっくりと首をかしげた。

「それは別にいいんだけど……」

「だけど？」と俺は続きを促す。

「ちょっと違うかも」

「え？」

「あの事故に現実味を感じられなかったっていうより、世界全部の現実味が薄まった感じかも。ある日突然、隕石が降ってきて、さっきまであったものがなくなっちゃうなんて、作り物みたいだと思った。気まぐれで壊されちゃう、子供の積み木遊びみたいな」

「なるほど……」

「でも隕石の記録については、理久の言うとおりかも。無意識に惹《ひ》かれてたけど、詳しく知ることで、現実味を感じたかったのかも」

「だからチャーリーの件にも惹かれた」

「そうだね」

「旧校舎で発見された宇宙飛行士の白骨死体。まるで現実味のない状況。隕石みたいな突飛さを感じた紗季は、その真相を暴きたいと思った。嘘《うそ》みたいな出来事の真相を知って、そこに現実味を感じたかった。それが、千穂姉《ちほねえ》の事故を受け止める紗季なりの方法だった」

「うん」

「なのにそこへ来て〝仮想現実〟だ。そりゃあ、ふざけんなって気持ちにもなる」

「だね」

「喜んで飛びついてる宗太《そうた》を、ぶん殴りたくもなる」

そこで彼女が噴き出した。

何それ、と震える声で告げ、目元を指でぬぐう。

「その言い方だと、私が殴ったみたいじゃん」

「あ、殴ってはなかったか」

「それぐらいイラッとはしたけど」

そうして俺たちは笑い合った。

宗太をだしに使った点は申し訳ないけど、これぐらいは許してくれるはずだ。

「でもそっかあ」と彼女は遠い目をする。「理久《りく》が言葉にしてくれて、自分の考えてることがやっと理解できた気がする。わざわざ考えてくれてありがとう。我ながらややこしい女だなあ」

「別に悪いことじゃないでしょ」

「ほんとに？　めんどくさい女だとか思わない？」

「思ってたらここまで話しに来ない」

「そっか。そうだよね。ありがとう、理久」

俺は頷《うなず》き、懐かしい感じのする笑顔に笑顔で応じた。

「それじゃ！」

と彼女は立ち上がる。

スカートについた汚れをはらい、俺のほうを振り返って宣言する。

「なんとしても、チャーリーの謎を解きましょう」

「ああ。嘘《うそ》みたいな出来事を、現実に引きずり降ろしてやろう」


振り返ればぎこちなくて、少々おかしなコミュニケーションだったかもしれない。

だけど、そこへ踏み込んだことに後悔はなかった。千穂姉《ちほねえ》の死が俺たちに与えた影響には、捉《とら》えどころのない、抽象的なものが多く含まれていた。だからこそ、言葉にしにくいそれを、どこかで言葉にしなければいけなかったのだと思う。

俺は立ち上がり、紗季《さき》に続いて自転車のほうへ向かった。

その途中で振り返ると、傾いた電柱が変わらずにそこにあった。


隕石《いんせき》、宇宙飛行士、仮想現実——

思わせぶりなそれらすべてを、確かな現実に落とし込む。

ここからはいわば、ＳＦを剝《は》がしていくステージだ。

6

『三年B組の半田理久《はんだりく》くん、C組の堤宗太《つつみそうた》くん。二人は至急、職員室まで来てください。繰り返します、三年B組の半田理久くん、C組の堤宗太くん。至急、職員室まで来てください』

紗季《さき》と学校へ戻り、午後の授業が終わったところで思わぬ校内放送があった。

俺は教科書をしまう手を止め、スピーカーに向かって顔をしかめた。

いい内容とは思えない。チャーリー絡《がら》みの何かがバレて、問題になったのだろうか。いや、だとすると紗季も呼ばれていないのが不自然だ。俺と宗太だけが関わる、呼び出しを受けそうな事案といえば——屋上へ侵入した件だろうか？

混乱したまま職員室の扉を開けると、担任の矢崎《やざき》先生が自席から手招きをしてきた。矢崎先生は国語を担当する女性教師で、普段は比較的おっとりしている。ところが今は、表情を硬くし、いやに神妙な雰囲気《ふんいき》を漂わせていた。先生の前にはすでに宗太が立っていて、居心地悪そうに身を強張《こわば》らせている。

目を合わせると小さく首を振り、なんの用件か分からないと伝えてきた。

紗季とのやり取りについても報告したかったけど、今は後回しにするしかない。

俺は宗太の隣に立ち、軽く頭を下げた。

「お待たせしました……」

「突然ごめんね。でもちょっとイレギュラーなことがあって、確認が必要だったの」

「はあ」

「静岡の加藤《かとう》キヨマサさんって知ってる？」

予想外もいいところな言葉に、思考がピタリと止まった。

宗太と顔を見合わせ、困惑の共有をはかる。

「はい。知り合いですけど」

そう答えると、矢崎先生は安堵《あんど》したように表情を緩めた。

張り詰めていた空気が解け、いつものおっとりした調子で説明をする。

「そう、ならよかった。さっきその加藤さんって方から電話があってね。あなたたち二人と話したいって言われたんだけど、緊急時以外は規則で禁止されてるって説明したら、じゃあ伝言をって頼まれちゃって。知り合いならともかく、もしそうじゃなかったらかなり不審だと思って、それで確認したの。伝言の内容もなんだか変だったし」

先生は机上のメモパッドから一番上の一枚をちぎり、こちらに寄こした。

そこに書かれていたのは――

シャドードロップという映画がおもしろい

「え、これだけですか」

思わずそうたずねていた。

「そうなの。変でしょ？『シャドードロップ』って映画を薦《すす》めただけ。どういう関係か知らないけど、あんまり私的なことで電話してこられちゃうと迷惑だから、釘を刺しといてちょうだい」

「すみません。よく言っておきます……」

これはいったい、どういうことだろう。

連絡先を交換していなかったから、「旧校舎のある三狛江《みこまえ》の高校に通っている」という情報をもとに、なんとか導き出した接触方法がこれだったのかもしれない。けれど、そこまでして映画のおすすめをするとは思えない。

だからきっと、この映画に何か特別な意味があるのだろう。

もはや不要と思われた作品鑑賞会が、ここに来て急務となったようだ。

7

鑑賞会は予備校後に宗太《そうた》の部屋で開かれることになった。部屋にはゲーム機経由で動画配信サービスに接続できる立派なテレビがあり、寛容な宗太の両親から許可も取れたから、会場にうってつけだったのだ。

微妙な空気になっていた紗季《さき》と宗太のため、会のはじめには和解の時間も設けられた。宗太は〝運命〟を演出した企《たくら》みについて謝罪し、紗季は感情的になって怒鳴ったことを謝った。どちらも悪意があるわけではないと分かっていたから、ひとたび誠意を言葉にしてみれば、すんなり許し合えたようだ。

そんな前置きがありつつ、俺たちはテレビ前のローテーブルを囲み、華乃子《かのこ》が大量に買ってきたスナック類をつまみ、『シャドードロップ』を鑑賞した。二〇〇〇年代初期に公開されたその映画は、ＳＦ要素の入った人間ドラマというか、比較的地味な印象の邦画だった。宗太いわく、「ソフトストーリー」と呼ばれるものに分類できるらしく、明確な起承転結がなくて個人的には退屈だった。

主人公はどこか頼りない雰囲気《ふんいき》の男子大学生だ。彼はある夜、通りかかった公園で奇妙な光景を目にする。公園の時計を見上げていたペルシャ猫が、時刻が深夜三時になった瞬間、それを待っていたかのように公園をあとにしたのだ。

興味を引かれた彼は猫のあとをつけ、色々あった末にペルシャ猫の正体を知る。その猫はなんと、人間の意識を宿していたのだ。猫は謎めいた老人と一緒に暮らしており、老人の家にある巨大なキーボードでパソコンを操作し（そんなものが実在するのか知らないけど、本当に、普通のキーボードをそのまま大きくしたような機械だ）、男子大学生や老人とコミュニケーションを取る。

こうして、男子大学生の日常に、奇妙な猫の存在が絡《から》みだす――のだけど、そこから先に大きな展開はない。人間の心を持つペルシャ猫を圧倒的な異物として配置しつつ、主人公の大学生活が淡々と描かれるのだ。よく分からないけど、〝それでも続いていく日常〟といったものを表現しているのかもしれない。

「確かこの辺だと思うんだけど……」

最後まで見終わったところで、紗季《さき》がシークバーを操作し始めた。映画中盤のとあるシーンに、気になるものが映っていたらしい。再生位置を調整し、「ここ！」と狙いを定めるとコントローラーを置いた。

そうしてテレビに映されたのは、ペルシャ猫の正体が明かされる回想場面だ。

怪しい組織の実験台にされた男が、精神を抜き取る装置に体を固定されている。アクリル板越しの別室には、これまた怪しい雰囲気《ふんいき》の科学者たちが並び、実験の様子を見守っている。

「ほら、ここ！　機械が作動した後で、男の体を回収しに来る人がいるでしょ」

科学者たちが実験結果について語り合うなか、アクリル板の向こうでは後始末が進んでいた。抜け殻となった男の体が運び出され、実験室の清掃が行われるのだ。そして、その作業にあたる人員は皆、真っ赤な防護服を着ていた。頭を覆っている部分が異様に大きく、肩と頭が一体化したようなシルエットになっている。

「このスーツ。色とか頭の部分は全然違うけど、首から下に限って見れば、チャーリーの宇宙服にそっくりじゃない？」

まさかと思ったけど、よくよく見ると確かにそのとおりだった。全体的な無骨さと素材感、膝《ひざ》や腕に入ったラインも一致している。作中の怪しい組織のロゴも入っているから、この映画用に作られた衣装なのだろう。

感心した様子の宗太《そうた》がつぶやいた。

「チャーリーの宇宙服は、これを白く塗り替えて作ったたってことか……？」

「たぶんね。それからもう一つ」

彼女は再びシークバーを操作し、今度はエンドロールへ飛んだ。

何度か位置を調整し、目当ての箇所にたどり着く。

「ほら！　衣装協力のとこにイースト・ラネル繊維がある」

彼女はテレビの脇から「イースト・ラネル繊維」の文字を指差し、流れていくそれに合わせて指を上げていった。文字が画面外へ消えるのを見届け、話を続ける。

「加藤《かとう》さんはさ、理久《りく》たちが見せた宇宙服が、このスーツだってことに後から気づいたんじゃない？　それで学校に電話してきたのかも」

そういえば加藤氏は、スーツの写真を見せた時、どこかで見た気がするとも語っていた。もしかしたら、その違和感をきっかけに、わざわざ調べてくれたのかもしれない。

「なら直接そう言えばよかったのに」と華乃子《かのこ》が突っ込んだ。

確かに、と思いかけて気がついた。

「いや、加藤氏はそれができなかったんだよ。学校中の猛者《もさ》たちが、宇宙服の謎を解くべく競い合ってるって、そういう設定で説明しちゃったから。俺たちはその中で抜け駆けしたくて、そのために静岡までやって来た。そういう話になってたから、直接言っちゃうと抜け駆けできないと思ったんじゃないかな」

「また変な嘘《うそ》つくから」と華乃子が笑う。「ならすげえいい人じゃん、加藤氏。てことは何？宇宙服はもう、完全に偽物《にせもの》ってことで確定？」

俺は頷《うなず》いた。

「たぶんね。ヘルメットとバックパックは別に用意したみたいだけど、スーツと同じように、それっぽい衣装や小道具を寄せ集めただけかもしれない」

「要はあたしの捏造《ねつぞう》写真と同じかもね。集合写真を撮るオッサンたち、柴犬、風見鶏《かざみどり》——色んなとこから素材を引っ張ってきて、上手《うま》く馴染《なじ》むように加工する。それの三次元バージョンってところじゃない？」

「だとすると、一気に素朴《そぼく》な感じがしてくるな……」

ＳＦ展開に未練のありそうな宗太《そうた》が、残念そうに顔をしかめた。

その様子を見て、俺と紗季《さき》は顔を見合わせる。


――嘘みたいな出来事を、現実に引きずり降ろしてやろう。


とはいえ、人が一人死んでいる事実は変わらない。世界の根底をひっくり返すほどではないにしろ、何かしら複雑な事情が潜《ひそ》んでいるはずだ。

宇宙服が偽物だという前提に立ち、俺は改めて不可解な点がないかを考えた。

「妙に感じるのは……イースト・ラネル繊維が、実際に宇宙開発に関わってることかな。そのせいで俺たちはドツボにはまった。本物っぽさを感じたうえに、加藤氏の『未来からやって来た宇宙服』発言にも振り回された。わざわざイースト・ラネル繊維に結びつく衣装を使ったのは、発見者を混乱させるためかもしれない」

「明確にだます意図があって、私たちはまんまとだまされた……？」

紗季が首をかしげ、ぼんやりと告げる。

「でもなんのために？」と宗太。「この世界を仮想現実だと思わせてなんになる？　僕みたいなSF好きが喜んで飛びつくだけじゃないか。しかもこうして、すぐにメッキが剝《は》がれた」

「そこだ」

俺は人差し指を立て、一瞬の閃《ひらめ》きを言葉にしていく。

「俺たちがだまされたのは、俺たちが高校生だからだ。死体に干渉しすぎることを警戒し、宇宙服にもなるべく触らず、外側から調査をするしかなかった。でも警察が調べたら？　あのスーツが本物じゃないことぐらい、すぐに分かるはずだ」

「つまり……？」と宗太《そうた》が目を細めた。

「つまり、首謀者の目的は警察沙汰の手前にある。発見された後のことは考えてないか……あるいは、発見されること自体に何かしら意味があるとか――」

「見納め会だ！」

宗太が大声をあげ、細めていた目をカッと見開いた。

「旧校舎の解体前に、最後の一般公開日がある！　見納め会にはきっと、大勢の人が集まる。もしそこでチャーリーが発見されたら、ちょっとした騒ぎになるんじゃないか？　手帳や暗号メモの内容が広まりでもしたら、ネット界隈《かいわい》も食いつきそうだ。それこそ〝リアル星を継ぐもの〟って話題を呼んで、憶測祭りが始まるぞ！」

宗太は力強く拳《こぶし》を握りしめて言った。

仮想現実説の退場を惜しんでいたのはどこへやら、すっかり熱を取り戻している。

まあ、切り替えが早いのはいいことだ。

「じゃあ、騒ぎを起こしたいだけの愉快犯ってことか？」

と俺は突っ込む。それはどうも、しっくりこない。

実際に人が死んでいる点や、宇宙服の作り込みから感じる執着とそぐわない気がする。

宗太は人差し指でメガネを押さえ、俯《うつむ》き加減に吐き捨てる。

「そこはまあ……首謀者のみぞ知る、だ」

「首謀者かあ」

紗季《さき》が腕を組み、しみじみと告げた。

「チャーリーの正体ばっかり考えて、今まであまり気にしてなかったね」

「ああ」と宗太が頷《うなず》きかけたその時――


「ああああああっ！」

華乃子《かのこ》が突然、雄叫《おたけ》びをあげた。

「これ！　この女！　これ誰？」

彼女はズビズビとテレビを指さしている。

画面上では『シャドードロップ』の再生が終わり、次のおすすめ映画が表示されていた。自動再生機能はオフになっているらしく、静止画とあらすじの文章が出ている状態だ。

「はあ？」

宗太《そうた》が困惑気味にテレビを見る。

表示されているのは、最近追加されたらしい邦画作品だ。大写しになった紹介画像の真ん中で、二十代半ばぐらいと思《おぼ》しき俳優が、蔑《さげす》むような視線を投げかけている。ベリーショートの黒髪、整った顔立ち、冷酷《れいこく》さが漂う佇《たたず》まい。その名は――

「接知彩花《せっちあやか》」

宗太が俳優の名を告げ、ん、と首をかしげた。

「あれ？　なんか最近、接知彩花の話をしたような……」

「したよ」

紗季《さき》が指摘し、メモを取っていたノートをめくり始める。

「旧校舎で撮影された作品について話した時に……ええと……これだ！　『カリンの空似』って映画のことを私が聞いて、そしたら宗太が、接知彩花と誰だかのダブル主演で話題になった、って」

「ああ、その時か！　で、接知彩花がどうしたんだ？」

たずねられた華乃子《かのこ》は、なかば呆然《ぼうぜん》とした様子で答える。

「さっき見たの！　コンビニでお菓子買ってた時！　なんかすげーこっち見てるなあー、ってちょっと気になってたんだけど、この女だった！　髪はもっと長かったけど、でも間違いない！　目力すごかったもん！」

「分かった、分かったから落ち着け。仮に接知彩花がいたとして、それがいったい——」

「あああああああっ！」

と俺も雄叫《おたけ》びをあげていた。

記憶の点と点が結びつき、思わず声が出てしまったのだ。

あっちもこっちも大騒ぎで、部屋はおかしな興奮状態に包まれていく。

「理久《りく》までなんだ？」と宗太が声を荒らげる。

「俺も見た！　今朝、校門の近くにいた！」

一瞬だけ見えた、鋭い目つきが脳裏によみがえる。

登校中に遭遇した、怪しい女——

こちらを凝視《ぎょうし》しているように見えたあの女が、接知彩花だった？　彼女の顔は知っていたけど、今の今まで関連付けることができなかった。けれど、こうして画面上の顔を見ると、確かに特徴が一致する。

「髪、こんくらいだった？」

華乃子が胸の辺りに手をやり、長さを示す。

「うん。ウェーブのかかった黒髪！」

「そう！　間違いないよ！　絶対そう！」

俺たちは激しく頷《うなず》き合い、興奮を分かち合う。

そこに宗太《そうた》が割って入り、大声で俺たちを鎮《しず》めた。

「おい、二人とも待てって！　つまりどういうことだ？　まさか、接知彩花《せっちあやか》がチャーリーの件に関わってるって言いたいのか？」

華乃子《かのこ》と頷き合うのを中断し、俺は宗太と向き合った。

「詳細は分からないけど――」

正直、自分でも理解は追いついていない。

それでも一つ、確かだと思えることがあった。

「それ以外に、こんなド田舎へ来る理由があるか？」

幕間

三狛江《みこまえ》という町について調べた時、ある記述が囚人《しゅうじん》の興味を引いた。

――二〇一九年、隕石《いんせき》の衝突による極めて珍しい事故が発生。

特異なその出来事は、鈍っていた囚人の心にさえ、言い知れぬ感情を抱《いだ》かせた。
隕石が軽トラックに衝突し、制御を失った車が高校一年の女子を殺《あや》めてしまったという。

――まさしく、天文学的な確率。

そんな言葉で取り沙汰《ざた》されたこの事故が、囚人の心を離れなかった。
だから囚人は、深夜になるとその現場へ足を運ぶ。
田畑に囲まれ、まっすぐに伸びた一本道。
その傍《かたわ》らにある、傾いた電柱。
それが目印だった。
囚人は電柱のそばに腰かけ、煙草《たばこ》に火をつける。

——ここへ来ると、なぜだか心が安らぐ。

すべての支度《したく》は済んでいた。
あとはただ、その時が訪れるのを待つだけ。
出口の鏡を失った世界は、やがて活動を停止するはずだ。
そしてその時、目覚めが訪れる。

囚人は星空を見上げ、ゆっくりと煙を吐いた。
ELISAによって紡がれたこの世界が、終焉《しゅうえん》を迎えようとしている。

第五章　星を紡ぐエライザ

1

　接知彩花《せっちあやか》（一九九八年二月十六日〜）は、日本の俳優・タレント。沖縄出身。芸能事務所Stage Whisper《ステージウイスパー》に所属。接知というのは珍しい姓だが本名であり、よく話題にされる。代表作に『水辺』『カリンの空似』『モール・ウォーカーズ』『回想の子供たち』などがある——

　というのが、ネットに書かれていた接知彩花の略歴だ。一九九八年生まれということは、現在二十五歳。『カリンの空似』が二〇一九年公開だから、その時点で二十一歳。撮影年がそれより前の可能性もあるけど、二十歳前後で三狛江《みこまえ》高校の旧校舎を訪れていたことになる。

　そんな彼女が突然、三狛江に姿を現した。俺は昨日の朝、高校の校門付近で。華乃子《かのこ》は同じ日の放課後、コンビニでの買い物中に接知彩花を目撃した。

　これはどういうことだろう？

　みんなで話し合った結果、きっかけとして考えられたのは、華乃子のSNS投稿だった。チャーリーの手帳から見つかった謎の文字列を、暗号解読チャレンジとして投稿したアレだ。瞬間的にトレンドにも上がったぐらいだから、あの投稿が接知彩花の目に留まった可能性はある。また、華乃子が三狛江市を拠点にしていることは、過去のインタビュー記事や作品の背景から簡単に知ることができる。これらを考え合わせ、こんな仮説が生まれた。

①接知彩花はなんらかの形でチャーリーの件に関与している
②暗号文がネットに流れたことで、彼女はチャーリーが発見されたことを察知した
③発見者である華乃子の素性《すじょう》を調べ、三狛江市を訪れた
④通っている高校までは分からなかったため、付近の学校を順に見ていった

付近の学校といっても、選択肢は俺たちが通っている三狛江高校と、華乃子が通っている渕《ふち》ケ崎《がさき》高校の二択だ。確実ではないけど、三狛江高校の登校時間を張り、そこで見つからなければ渕ケ崎高校に狙いを定める、という方法で華乃子にたどり着ける可能性は高い。

でもなんのために？

①〜④が正しかったとしても、そこがさっぱり分からない。

これについても情報を整理してみた。

❶人が一人死んでいる
チャーリーの骨にはハバース管があり、その密度や太さは、ネットで調べたヒトのそれと酷《こく》

似《じ》していた。つまりあれは、正真正銘ヒトの骨、すなわち人間の死体である。

❷死体は宇宙飛行士に見えるよう偽装されていた

チャーリーが着ていた宇宙服は、映画衣装を改造して作られた偽物《にせもの》であることが判明した。また、映画衣装についてネットで調べると、数ヶ月前に、関連のありそうな衣装倉庫で窃盗《せっとう》事件が起こっていることが分かった。具体的に何が盗まれたのかまでは分からなかったけど、この時に持ち去られたものが使われたのかもしれない。いずれにしても、何者かがあの死体を、宇宙飛行士に見せたかったということだ。白骨死体を宇宙飛行士に見えるよう偽装し、旧校舎に放置する理由とは何か？

❸「ELISA計画」に関する記録と暗号メモの存在

宇宙服のポケットから手帳が見つかり、その中には旧校舎が現役だった頃のものと思われる学園生活の記録が綴《つづ》られていた。さらに、手帳とカバーの隙間《すきま》から紙片が見つかり、そこには特殊な文字を使用した暗号文が書かれていた。解読結果は次のとおり。

お前たちがこれを読んでいる頃には、我々はもう脱出しているだろう。
外の世界、すなわち現実世界へと。

我々は気づいている。
現在がこの世界より、ずっと未来にあることも、
この世界が*Enlaced Inner Space Archiver*の中にあることも。
我々は戦い、すべての仲間たちを解放する。

手帳と紙片の内容に限って見れば、『精神世界を統合してアーカイブ化し、仮想現実を生み出す技術』、すなわちELISAをめぐる話として、なんとなくの理解は可能。

とはいえ宇宙服が偽物と判明した今、この手帳とメモについても、ただの作り物という可能性が高い。その場合、考えるべきは語られている内容そのものではなく、なぜこんな物語が必要だったのか、という部分だ。

❹これらと接知《せっち》彩花《あやか》の関係
接知彩花と三狛江《みこまえ》を結びつける要素は、今のところ『カリンの空似』しかない。彼女はこの映画の撮影で三狛江高校旧校舎を訪れたことがあり、それがなんらかの形でチャーリーと繋《つな》がっているのかもしれない。

しかし何より、めちゃくちゃ怪しい。これはもう、彼女が首謀者なのでは……？

と、そこまで話し合った段階で、重大な疑問が浮かび上がった。

偽装工作の首謀者が接知彩花《せっちあやか》なら、チャーリーを殺したのも彼女なのか?

もしそうなら、俺たちは殺人犯に目をつけられたことになる。これはどう考えてもまずい。

そうして俺たちは、この冒険が最初に投げかけた疑問へと立ち返る。通報しなくていいのか?

ここから先は大人の出番じゃないか?

だけど俺たちは、このまま進み続けることを選んだ。今さら引き下がれないとか、どうしても真相を知りたいとか、そういう理由だけじゃない。

これもまた、この冒険が最初から掲げていたことだ。

——失われた青春を取り戻す。

そうしないと、このまま消えてしまう何かがあると思った。

2

「なに、緊張してんの?」

ソファー席で隣に座っている華乃子《かのこ》が、愉快そうにたずねた。

俺たちは先週も来た駅前のファミレスで、待ち合わせの相手を待っている。

その相手というのはもちろん、接知彩花だ。

攻撃こそ最大の防御。いっそこちらから接触してしまえ、というアグレッシブな華乃子の提案を受け、信じられないトントン拍子で接知彩花との会合がセットされていた。接触方法は、華乃子が暗号文を投稿したのと同じＳＮＳ。接知彩花のアカウントが存在したから、ダメ元でＤＭを送ってみたら返事があったのだ。


何か用があるなら、直接会って話しませんか?


簡潔なそのメッセージに、接知彩花は即答した。仕事の予定があるから、話をするならできるだけ早くしたい。そんな先方の要望に従い、鑑賞会の翌日昼に会うという急展開が決定した。

こちらの出席者は華乃子と俺の二人。紗季《さき》と宗太《そうた》も来ると言っていたけど、そこは俺が反対した。なにせ相手は、殺人犯かもしれないのだ。リスクは小さく抑えたほうがいいし、三人で一斉に学校をサボると目立ちかねない。

俺がそう説明すると、宗太も紗季も、だったら自分が行くと主張した。だけどそこは、なかば強引に押し切った。あたしのことも心配してくれる?　と皮肉を言ってきた華乃子には、俺の考えなどお見通しなのだろう。勇敢ぶる俺をおちょくり、面白がっているのは明らかだった。

「ていうか、華乃子は怖くないの?」

「周りを見なって」

退屈そうに頬杖《ほおづえ》をつき、周囲のテーブルを視線で示す。

店内は半分ほどの席が埋まり、大盛況とは言わないまでも、それなりに賑《にぎ》わっている。

「接知彩花《せつちあやか》が殺人犯だったとしても、こんな場所で手荒な真似《まね》はできっこない。向こうは守るものの多い有名人なんだし、よっぽどのことじゃないと危険は冒さないでしょ」

「まあ、それもそうか……」

だけど問題は、よっぽどのことだった場合だ。ここで何も起きなかったとしても、その後のことは分からない。いずれにしても、話を聞いてみないことには――


「あなたが筧華乃子《かけいかのこ》さん？」

張りのある、やや低めの声。

音のほうへ視線を向けると、見覚えのある女が立っていた。

接知彩花だ。ウェーブのかかったロングの黒髪と、目深《まぶか》に被《かぶ》られたベージュのキャップ。服装はシンプルな白Tシャツ、紺のワイドパンツ、モノトーンのスニーカー。

「はい！」と華乃子が頷《うなず》き、目を見開いて接知彩花を凝視《ぎょうし》する。

「接知彩花です。そちらは？」

視線を向けられた俺は、すかさず自己紹介をする。

「彼女の友人の、半田理久《はんだりく》です。今日はわざわざありがとうございます」

会釈《えしゃく》しつつ、この挨拶《あいさつ》でいいのだろうかと違和感を覚えた。

「うん、こちらこそ」

接知彩花《せっちあやか》はニコリと笑い、俺たちの向かいの席についた。その動作には洗練された佇《たたず》まいがあり、腰を下ろしたあとも背筋がピンと伸びているのが印象的だった。

「それじゃあまずは……」

と彼女がこちらを見る。芸能人のオーラなのか、殺人犯かもしれないという疑念からか、そこには確かな威圧感があった。

接知彩花は、鋭い眼光を伴い、張りのある発声で告げる。

「なに食べよっか?」


昼時とはいえ、この状況でがっつり食べるのはどう考えてもおかしい。そんな暗黙の了解に従い、俺たちはそれぞれに軽めのデザートを注文した。

その到着を待ちながら、まずは華乃子《かのこ》が問いかける。

「単刀直入に聞きますけど、あたしたちを見張ってたのはなぜですか?」

——沈黙。

接知彩花は俯《うつむ》き、口を閉ざした。

キャップを被《かぶ》ったままで、目元がよく見えないのが不安を煽《あお》る。

華乃子がさらに質問する。

「あたしが投稿した暗号文。あれがきっかけですよね？　あの文章がなんなのか、あなたは分かってるんですか？」

――さらに沈黙。

だけど数秒して、接知彩花は顔を上げた。

キャップの下の表情に、恐ろしい殺人犯の形相は見て取れない。

眉間《みけん》にしわを寄せ、困惑の色を浮かべている。

彼女は首をかしげ、思いのほかカジュアルな調子で告げた。

「うーん……それはこっちが聞きたいんだよなあ」

「は？」と華乃子が気の抜けた声を出す。

「筧《かけい》さん、半田くん。あなたたちこそ、あの文章がなんなのか分かってるの？」

分かっていない。

だからネットの識者を頼った。

けれど、SNSでの投稿上は〝華乃子の作品〟ということになっている。接知彩花の今の聞き方は、それが嘘《うそ》だと分かっている口振りだ。彼女はあの暗号文がなんなのか、その答えを知っている。だからこそ注意を引かれ、ここまでやって来たに違いない。

想定していたパターンの一つだ。

「華乃子《かのこ》」

と声をかけ、隣にいる彼女と意思の疎通をはかる。

華乃子が無言で頷《うなず》き、GOサインが出た。

このパターンだった場合、こちらの情報は素直に開示しようと決めていた。接知彩花《せっちあやか》が何かを知っているなら、謎を解くための協力者になってくれるかもしれない。彼女が持つ情報次第では、すべての謎がこの場で解ける可能性だってある。

俺はスマホを取り出し、旧校舎で撮影したチャーリーの写真を表示させた。

「まずはこれを見てください」

3

俺たちはこれまでの経緯を、洗いざらい説明した。

解体寸前の旧校舎で宇宙飛行士の白骨死体を発見したこと。その死体をチャーリーと名付け、いったい何が起きているのか、自分たちで謎解きをしようと決めたこと。顕微鏡で骨を分析し、それが本物の人骨だと分かったこと。宇宙服のポケットから手帳が見つかったこと。手帳には学園生活の記録が綴《つづ》られていたこと。手帳のカバーから、謎の暗号文を記した紙片が発見されたこと。暗号文をSNSに投稿し、マクラウド氏が解読に成功したこと。静岡遠征へ出かけたこと。そこで出会ったイースト・ラネル繊維の加藤《かとう》氏にすすめられ、『シャドードロップ』という映画を観たこと。その映画の衣装が、チャーリーの宇宙服と酷似《こくじ》していたこと――宗太《そうた》に屋上へ誘われたあの時から、すいぶんと色々なことが起きた。

そのすべてを今こうして、俳優・接知彩花に聞かせている。

この冒険はいったい、ここからどこへ向かうのだろう。

想像もしていなかった展開に、興奮と緊張感がせめぎ合っていた。

「驚いたな……」

ひと通りの説明が済むと、接知彩花は小さく告げた。

硬い表情で瞬《まばた》きを数回して、彼女は心の整理をするような間を作る。

「ごめんね。今わたし、すっごく混乱してる。あなたたちにとっても驚きの連続だったろうけど、わたしも心底驚いてるの。だから、ええと……何から説明したらいいかな」

「暗号文について」と俺は提案した。「投稿されたあの暗号文を見て、それで俺たちに興味を持ったんですよね？　あのメッセージがなんなのか、あれを見て何を思ったのかを聞きたいです」

「そうだね。やっぱりそこが気になるよね……」

接知彩花《せっちあやか》は俯《うつむ》き、再び考えるような間を置いた。どう順序立てて話したらいいか、頭の中で検討を重ねているのかもしれない。

それから背筋を伸ばし、改まった調子で告げる。

「長い話になるんだけど、まずはわたしの親友について話をさせて」

そうして彼女は、ゆっくりと語り始めた。

大切なものが入った箱を、繊細《せんさい》な手つきで開けるように。


すべての発端《ほったん》は、『カリンの空似』という映画だった。

三狛江《みこまえ》高校旧校舎がロケ地に使用された作品として、最初の調査報告会でも話題にあがった映画だ。その時に宗太《そうた》が説明したとおり、この映画は〝他人の空似〟が大きなモチーフになっている。接知彩花が主人公のカリン役で、カリンと瓜二《うりふた》つという設定のもう一人の主人公、メイ役には無名の新人が抜擢《ばってき》された。つまり、「接知彩花に顔が似ている」というまったくの偶然によって、突然の大役を摑《つか》んだ俳優がいたのだ。

それが、本条絵里奈《ほんじょうえりな》だ。

二〇一八年の撮影当時、接知彩花は二十歳、本条絵里奈は十八歳だった。年齢だけでなく俳優としても先輩である接知彩花は、大きな現場での振る舞いを本条絵里奈に教えつつ、彼女との親交を深めて姉妹のような関係になっていった。二人の交流は撮影終了後も続き、業界の先輩として仕事の相談に乗ったりもしていたという。

「絵里奈はね、『カリン』の現場で、映画制作そのものへの興味を深めていたの」

と接知彩花は説明した。

俳優として奇跡的なチャンスを摑んだ本条絵里奈は、本格的な撮影現場での経験を通じ、演じること以外への関心を強めたのだ。そうして彼女は、俳優業を密《ひそ》かに退き、脚本執筆に打ち込みだした。接知彩花はそんな彼女の変遷《へんせん》を近くで見守り、応援もしていた——が、しかし。

本条絵里奈には秘密があった。


「わたしと出会う前から、血液の病気にかかっててね。何十年も生きられることもあれば、数年で死んじゃうこともある病気。でも絵里奈は運が悪くて、二年前に入院したと思ったら、あっという間に旅立っちゃった。入院が避けられなくなるまで、周囲にはずっと秘密にしてたの。わたしにもね。だから後になって考えてみると、『カリンの空似』で大抜擢《だいばってき》されたのは、彼女の人生に起きた、最後の幸運な奇跡だったのかもしれない。その短い間に、映画を作るっていう新しい夢も見れた。顔が似てるなんて、そんなつまらない偶然で、わたしと絵里奈は出会うことができた。短い付き合いだったけど、彼女はわたしにとって、かけがえのない親友だった」

そこまでを語り終えると、接知彩花は目を伏せた。

声色こそしっかりしていたけど、涙をこらえているのかもしれない。

まさか、『カリンの空似』にそんな背景があったとは——

死にまつわる話に付きまとう、重たい空気がテーブルを包み込んでいた。けど、話はまだ繋《つな》がっていない。二年前に亡くなった本条絵里奈《ほんじようえりな》という女性が、例の暗号文にどう関係しているというのか。それを聞かないわけにはいかなかった。

「あの……」と声をかけると、接知彩花《せっちあやか》は顔を上げた。

分かってる、と言うように頷《うなず》き、話を続ける。

「絵里奈から仕事の相談を受けてた、って言ったでしょ？　でも彼女は俳優業を退いてた。じゃあなんの相談だったのかっていうと……」

接知彩花は脇に置いていたショルダーバッグを開け、中から紙の束を取り出した。

何十枚ものA４用紙を、大きなクリップでひとまとめにしたものだ。

「彼女が書いてた脚本。これを見れば、わたしが困惑してる理由も分かると思う」

テーブルに置かれた紙の束。本条絵里奈が書いたという脚本だ。

その一枚目には、大きな文字でタイトルが記されていた。

星を紡ぐエライザ

4

舞台はディストピアと化した近未来の日本。邪悪な巨大企業により、高度な仮想現実生成技術「ELISA」の開発が進行しているという設定だ。

ELISAの正式名称は、EnLaced Inner Space Archiver。人々の精神世界＝記憶を繋ぎ合わせて仮想現実を作り出し、特定の時期・場所で起きた出来事をシミュレートするというものだ。この技術の肝は〝人々の記憶を繋ぎ合わせる〟ことにあり、情報源となる記憶の量、すなわち記憶の提供者が多ければ多いほど、シミュレーションの精度が上がっていく。精度が上がるというのはつまり、あくまでもコンピューターの予測に過ぎない領域が減少し、現実で起きた出来事がより正確に再現されるということらしい。

悪の巨大企業はこの技術を利用し、本来なら知りえない敵対者の弱みや、国家レベルの機密情報を入手しようと企《たくら》んでいるのだ。『星を紡ぐエライザ』の作中現在では、この技術の完成に向けた大規模な実験が行われている。それまではせいぜい十人程度の記憶をもとにした建物規模の仮想現実しか作られていなかったのに、ついに百人規模の記憶を利用し、町一つを丸ごとシミュレートしようというのだ。

「仮想現実っていうと、ＶＲみたいなのですか？」

説明の途中で華乃子《かのこ》がたずねた。

「そうだね。だけど舞台は未来だから、今よりずっと技術が進んでて、ほとんど現実みたいなVRになってる。使うのもヘッドセットじゃなくて、脳と機械を直接繋《つな》いで体験する感じ。正確な年代は分からないんだけど、その時代の基準でも最新鋭のものみたい」

接知彩花《せっちあやか》の回答を聞き、納得したように頷《うなず》く華乃子。

「じゃあ記憶を提供する人っていうのも、脳を機械に繋ぐ感じですか？」

「お、物分かりがいいねえ。そこはもう、巨大なマザーコンピューター的機械に繋がれて、意思のない人間計算機みたいに扱われちゃうわけ」

「ザ・ディストピアですね……」

「まあそれが基本的な設定ね。要は〝町内規模のマトリックス〟みたいな話なんだけど……あ、待って。あなたたち『マトリックス』は分かる？　古いSF映画なんだけど」

「分かりますよ。一昨年だかに続編が出ましたよね。変な話ですごく楽しかったです。理久《りく》は分かる？」

俺は頷いた。

「ちゃんと観たことはないけど、内容はなんとなく。世界が実は仮想現実で、黒いコートを着た主人公たちが、人類をそこから解放する……みたいなやつですよね。スーツ姿のエージェントと戦ったりして」

「そうそう」接知彩花は人差し指を立てて微笑《ほほえ》んだ。「『星を紡ぐエライザ』はあれをぐっと小さくして、田舎町の高校生たちを主人公にした感じ。中心になる学校はもちろん、三狛江《みこまえ》高校の旧校舎がモデルだね。

　で、町全体が偽物《にせもの》だと気づいた高校生たちが、そこから脱出しようと奮闘するわけ。さっき説明したとおり、こっちの仮想現実は人間の記憶をベースにしたものだから、マザーコンピューターに繋ぐのは、その町の記憶を持つ人じゃなきゃいけない。そこで集められたのが、主人公をはじめとする高校の卒業生たち。現実世界では老人になってる彼らが、巨大企業に騙《だま》されたり拉致《らち》されたりして、無理やり実験材料にされちゃってるの」

「超・極悪企業ですね！」

　題材が好みなのか、華乃子はさっきから心底楽しそうにしている。

「しかもね、ここが絵里奈《えりな》のアイデアの面白いところなんだけど……世界が偽物だって気づくのは、高校時代にあまりパッとした想《おも》い出のなかった、七人のはぐれ者なの。ELISAシステムは集められた記憶が互いに結びついて補完し合うものだから、他者との共通の想い出が少ない人ほど、システムとの結びつきが弱くなる。ELISAにどっぷり組み込まれた人は、自我のない記憶再生装置みたいになっちゃうんだけど、結びつきの弱い人は自我が残りやすいってわけ」

「で、かつてのはぐれ者たちが立ち上がり、仮想町内からみんなを解放するんですね！」

　華乃子は興奮気味に告げた。

目を見開き、少々猟奇的な笑みを浮かべている。

「そういうこと。彼らは二度目の高校生活を送り、かつては持てなかった仲間を作り、ある意味で青春のやり直しをすることになる……なかなか熱いでしょ？」

「はい！」と華乃子《かのこ》は拳《こぶし》を握りしめた。

そしてたずねる。

「じゃあ、『マトリックス』のエージェント的な存在もいるんですか？」

「それが宇宙飛行士」

「え……」

意外な答えに思わず声が出てしまった。

「なんでまた宇宙服飛行士なんですか？」と俺はたずねる。

「ELISAの仮想現実は、人の精神が生み出した幻想。だから、〝心の宇宙《インナースペース》〟の監視者っていう意味で宇宙服を着てる。あと、宇宙服の中身は巨大企業の社員なんだけど、仮想現実で彼らの姿を再現する意味はないからね。ヘルメットはミラーになってて中が見えないし、顔のないゲストユーザー用アバターみたいなニュアンスもある。

そんな宇宙飛行士たちは仮想の町内を徘徊《はいかい》し、そこで起きた出来事を記録していく。現実の出来事との齟齬《そご》を分かる範囲でチェックして、シミュレーションの精度を測ってるって設定。それからもちろん、自我に目覚めた反乱分子の排除も行う」

俺はさらにたずねた。

「宇宙飛行士とはどうやって戦うんですか？　というかそもそも、マザーコンピューターに繋《つな》がれた人たちをどうやって解放するんですか？」

「宇宙飛行士の姿は、自我に目覚めた人間にしか見えない。それ以外の人は、ただ記憶を再現する抜け殻みたいなものだからね。映画的なサスペンスでいうと、直接戦うっていうより、宇宙飛行士を見ても〝反応しちゃいけない〟っていうのが肝になる」

「ああ」と華乃子が頷《うなず》いた。「目を合わせちゃいけない化け物とか、そっち系のやつですね」

「あなた、呑《の》み込みが早いね。絵里奈《えりな》と気が合いそう」

そう言って接知彩花《せつちあやか》は微笑《ほほえ》んだ。

「で、主人公と仲間たちは何をするかっていうと……まずは宇宙飛行士の目を盗んで世界の仕組みを探るの。シミュレーション世界の端っこがどうなってるのかとか、反乱分子として排除された人間がどうなるのかとか、宇宙飛行士はどこから現れるのかとか」

「ワクワクしますねえ」と華乃子が体を揺らした。

そして接知彩花は、その後の展開を説明した。

主人公たちは宇宙飛行士に隠れてコミュニケーションを取るため、秘密の暗号文字を考案する。調査記録が宇宙飛行士に見つかったとしても、この暗号を使っている限り、反乱を企《くわだ》てていることはバレないだろうという考えだ。
そうして調査を行った結果、重大な発見が三つあった。
①宇宙飛行士の習性について。宇宙飛行士は仮想町内で起こった出来事を記録し、反乱分子を抹消《まっしょう》し、不審物をポータルの先へ持ち帰る。
②宇宙飛行士が仮想町内に出入りするためのポータルが存在する。その場所はいつも同じで、高校の階段下にある物置スペースが使われている。何の変哲もない物置内に、彼らが出入りする時だけ、なんらかの方法でポータルが出現すると思われる。
③宇宙飛行士は胸元にレーザーポインターのような道具を付けていて、それで照射したものをシミュレーションから削除できる。彼らに見つかった反乱分子は、この道具でいとも簡単に抹消されてしまうのだ。
これらの情報をもとに、主人公たちは最終解放作戦を決行する。
その作戦とは――

「まず、暗号文字を使ったメモをわざと宇宙飛行士に見つけさせるの。不審物を発見した宇宙飛行士は、それを持ち帰るためにポータルへ向かうから、その習性を利用して行動を操るわけ。そして主人公たちは物置へ乗り込み、ポータル出現の瞬間を目撃する。実はね、物置に大きな鏡が放置されてて、それがポータル発生装置になってるの。鏡が水面みたいに波打って、その中に飛び込む感じ……って言っても、実際に撮影するとしたら、どんなビジュアルになるかは脚本の範疇《はんちゅう》じゃないと思うけど」

「そこで宇宙飛行士を倒し、みんなで外へ出るんですね？」

熱心に話を聞いていた華乃子《かのこ》が、素早く反応した。

そんな彼女に接知彩花《せっちあやか》は微笑《ほほえ》み、「ところが」と人差し指を立てる。

「宇宙飛行士の無力化にはなんとか成功するんだけど……あ、ここは普通に取っ組み合いね。高校生たちと宇宙飛行士が、ノスタルジックな木造校舎で格闘するわけ。面白そうな絵面《えづら》でしょ？　だけどその時、仲間の何人かがレーザー兵器で削除されちゃうの。で、犠牲《ぎせい》を無駄にしないためにも、生き残った仲間たちはポータルで脱出しようって話になるんだけど……主人公が突然、『自分はここに残る』って言いだすんだ。どうしてか分かる？」

接知彩花が俺のほうを見た。

何か答えなければと焦《あせ》り、理由を絞り出す。

「自分たちだけ助かるのは申し訳ない……みたいなことですかね」

「あなたはどう？」

と今度は華乃子のほうを見る。

「そもそも外へ出たところで解決するのか分からないし、せめて一人は仮想町内に残っておいたほうがいい……みたいな？」

「うん。あなたやっぱり、絵里奈《えりな》と考え方が近そう」

「当たりですか？」

「方向性はね。でもただ残るんじゃない。もしかしたら全員を救えるかもしれない、一か八かの秘策を思いついたの。ポータルで脱出した仲間は、現実世界からマザーコンピューターの破壊を試みる。それと並行して、仮想町内に残った主人公が鏡を破壊する」

「ええ、なんでですか？」

意表を突かれた様子の華乃子《かのこ》がたずねる。

「さっきも言ったけど、これはあくまで一か八かの賭《か》けだった。宇宙飛行士はみんな、絶対に階段下の物置から現れる。ってことは、ポータル発生装置はどこにでもひょいひょい置ける代物じゃない……って主人公は考えたの。替えの利《き》かない特別な鏡が破壊されちゃったら、何が起きると思う？　仮想町内にいる他の宇宙飛行士がみんな、現実へ帰る手段を失うことになる。そうすればもしかしたら、取り残された社員を助けるために、シミュレーションが停止するかもしれない」

「それが一か八かの賭け……」

「そういうこと。脱出した仲間がマザーコンピューターの破壊に成功するかもしれないし、鏡を破壊する作戦が功を奏するかもしれないし、両方が失敗に終わる可能性もある」

「で、実際どうなるんですか？」

「話はそこで終わり」

「え?」

「彼らは助かるのかもしれないし、助からないのかもしれない。絵梨奈はたぶん、あえて曖昧《あいまい》にしたんだと思う。彼女がいなくなった今、設定上どうなるはずだったのかも、誰にも分からない」

5

それが『星を紡ぐエライザ』の全容だった。内容もさることながら、それより大きな衝撃だったのは、否定しようのない現実とのリンクだ。俺たちが旧校舎で発見した、宇宙飛行士の白骨死体——チャーリーを取り巻く諸々《もろもろ》は、この話のラストと見事に一致している。

仮想空間と現実世界を結ぶ、ポータルとしての物置。

そこで主人公たちに襲われ、排除された宇宙飛行士。

宇宙服に損傷が目立っていたのも、この時の格闘の結果と考えられる。

手帳の文章は、シミュレーションの精度をチェックするための記録。

一緒に見つかった紙片は、反乱者たちの宣戦布告文。

そこで暗号が用いられていたのは、不審物として宇宙飛行士に持ち帰らせるための細工。

そんな答え合わせをしている間ずっと、俺はある感覚を思い出していた。

第一回・調査報告会のあとで、セタケに問い詰められたあの時——死体を発見したという事実を隠すため、ありもしない経緯をでっち上げた時の感覚だ。セタケが目にした情報と辻褄《つじつま》が合うように、老夫人からの調査依頼という話をなんとかひねり出した。

あの時と同じことを、今度は俺たちがやられている気分だ。

まったくもって不可解に思えた諸々《もろもろ》が、一本の線で結ばれていくような——

ひと通りの話を終え、接知彩花《せっちあやか》は脱力した様子で告げた。

「あなたたちがSNSに投稿した暗号メモを見て、わたしがどれだけ驚いたかは想像がついたでしょ？　まるでフィクションが現実に浸食してるみたい。超常的な何かが起きてるんじゃないかって、空恐ろしい思いがした」

俺は混乱する頭をなんとか抑えつけ、事態の整理を試みる。

「でも実際は、超常現象なんかじゃない。俺たちが見つけた宇宙服は、映画衣装を改造して作った偽物《にせもの》だった。つまり、何者かが物語を再現しているだけ……？」

そう解釈するしかない。

脚本の内容を知る誰かが、大変な労力をかけ、物語の結末をなぞっているのだ。

理由は分からない。

だけどこの状況なら、首謀者の正体はぐっと絞り込まれる。

「逆に言えば、首謀者は脚本の内容を知る誰かってことですよね。接知さん以外にも、『星を紡ぐエライザ』を知ってる人がいるんじゃないですか？」

「まあそう思うよね。絵里奈《えりな》がわたし以外にも脚本を見せてた可能性は確かにある。でもね、それだけじゃこんなことは起こらない。絶対に不可能なの」

「ええと、それはどうして……」

「絵里奈はね」接知彩花は俺の目を見て言った。「脚本を完成させる前に、この世を去ってしまったの。だから、もし彼女が誰かに脚本を見せてたとしても、物語の結末まで再現することはできない」

「じゃあさっき聞いた結末は……」

「絵里奈がいなくなった後で、わたしが続きを書いたの。終わりの三分の一ぐらいかな。自分にできる弔《とむら》い方を考えた結果、そうするのが一番だと思ったから。とは言ってもね、内容については ずっと相談を受けてたから、展開自体は最後まで決まってた。わたしがやったのは、絵里奈が詰めきれてなかったディテールを詰めて、具体的な言葉に落とし込むことだけ。まあ、正直に告白すると、結局ごまかした部分もあるんだけどね」

「それはたとえば」と俺はたずねる。

「年代設定とか。シミュレーション内の世界は、八十年代をイメージしてるんだけど、作中現在が西暦何年で、現実世界の主人公たちは何歳なのかとか、その辺りの設定が定まってない。脚本の完成時期によって多少動かしたくなることもありそうだし、ピンポイントで決めなくてもいいかなって」

そこで華乃子《かのこ》が反応した。

「あ、それで198X年……」

「そういうこと。やってみて分かったけど、わたしはああいうの、得意じゃないかも。機械音痴だからSF全般も詳しくないし、台詞《せりふ》回しや場面の組み立て方も、絵里奈《えりな》のほうがずっとセンスがあった」

接知彩花《せっちあやか》は脚本の上に手を置き、そこに書かれた文字を愛《いと》おしそうに撫《な》でた。

「あくまで個人的な弔《とむら》いだったからね、完成した脚本は誰にも見せてない。ポータル発生装置が物置にあることとか、暗号文字の具体的な仕組みとか、宣戦布告文の内容とか、その辺りのディテールはわたししか知らない。なのにどうして……」

「え、あの暗号って接知さんが考えたんですか?」

意外に思って俺はたずねた。

「あ、厳密にはわたしじゃないんだけどね。絵里奈の構想上では、〝すぐには読み解けない暗号〟って設定があるだけで、具体的なビジュアルはなかったの。だけどキーになる要素だから、絵里奈とも所縁《ゆかり》のある美術スタッフさんに相談して、オリジナルの文字を作ったんだ」

「じゃあその人も暗号文字のことを知ってるんじゃないですか？　美術スタッフなら宇宙服の加工とかもできそうですし……」

「いや、暗号のデザインと仕組みを考えてもらっただけだから、脚本の内容までは話してない。まあでも、現状で可能性があるとしたらそこぐらいか……だけどあの人がそんなことするとは思えないんだよね」

「あの！」と華乃子が手を上げた。「すごく基本的なことで、一個確認したいことがあるんですけど、聞いてもいいですか？」

「うん。なんでも聞いて」

「それじゃあ……」と華乃子は一呼吸置いた。

聞きにくいことなのか、どこか改まった雰囲気《ふんいき》で彼女はたずねる。

「絵里奈さんから脚本について相談を受けてたって話ですけど。もしかして……ファイル共有とかしてました？」

「ファイル共有？」

「絵里奈さんが脚本を書いてる間、内容を見てアドバイスしたりしてたんですよね？　その時、最新の脚本をどうやって受け取ってたのかってことです。直に会って最新版を紙でもらってたとか、メール経由でファイルを受け取ってたとか」

「ああ。それなら……脚本や資料が入ってるフォルダがあって、絵里奈に見てって言われた時にそのフォルダを開けば、そこに最新版が入ってて――」

華乃子《かのこ》はそこで、食い気味に畳みかけた。

「接知《せっち》さんが続きを書いた時も、そのフォルダのファイルを使ったんじゃないですか?」

「確かにそうだけど……」

接知彩花《あやか》は何を聞かれているのか、いまひとつ呑《の》み込めていない様子だった。

一方の俺は、華乃子が言わんとしていることが分かった。接知彩花は自分のことを機械音痴だと言っていたけど、これはもしかすると、けっこうな音痴なのかもしれない。

不思議そうに首をかしげる接知彩花に、華乃子はゆっくりと説明する。

「それってクラウド上に保存されてたってことですよね。フォルダにアクセスすることさえできれば、誰だってファイルを見れたんじゃないですか? 開くのに権限が必要だったとしても、絵里奈《えりな》さんのアカウントからならアクセスできる可能性が高い」

「誰かが絵里奈のアカウントを使って、脚本を盗み見たってこと?」

「あたしにはその線が濃厚に思えます。アクセスログが残るタイプなら、それで調べがつくかもしれません。それか、絵里奈さんのパソコンの行方を調べてみるとか。それが一番単純かも」

「絵里奈のパソコン……」

華乃子の推理はさらに続く。

「誰かが遺品を引き取ったとかなら、絵里奈さんと親しかった人じゃないですか? 家族か、恋人とか……」

接知彩花は記憶を探るように首をかしげ、何度か瞬《まばた》きをした。

「わたしの知る限り、付き合ってる人はいなかった。なんだって話せる間柄だったし、彼氏の存在を隠してたとは思えない。でも……調べてみる価値はありそうだね。わかった。絵里奈の両親に話を聞いてみる」

こうして俺たちの会合は幕を閉じた。多くの事実が明らかになっただけでなく、本条《ほんじょう》絵里奈のパソコンの行方という、新たな取っ掛かりも見出《みいだ》せた。これについては接知彩花が調査するから、俺たちはひとまず待機するしかない。

ここに来て、話の大枠が一気に見えてきた。

病死した元俳優・本条絵里奈と、彼女が遺《のこ》した『星を紡ぐエライザ』の脚本。

その結末を再現しようとする、謎の首謀者。

物語に即して考えるなら、チャーリーの正体も判明したことになる。

接知彩花は宇宙飛行士のことを、こう表現していた——

心の宇宙を監視する、顔のないゲストであると。

幕間

遠い日の記憶だ。
高校生にしては背伸びをしたその店で、
二人はグラスをかかげ、記念日を祝っていた。
窓の外できらめく夜景が、広い宇宙のことを思わせた。

——恒星の世界に。

——え？

乾杯の言葉に、彼女は戸惑いを見せた。

——好きな小説の一説だよ。一度言ってみたかったんだ。

——へえ。なんて小説？

そして彼は語った。
お気に入りのその小説が、いかに素晴らしいものかを。

謎と浪漫《ロマン》に満ちたその物語が、いかに心を昂《たかぶ》らせるかを。
——それで？　結局その骨はなんだったの？
——教えちゃったらつまらないだろ。ネタバレはしない。
——ええ……でもSFとかあんま読まないからなあ。
——いつか気が向いた時にでも読んでみなよ。すごく面白いから。

なんてことのない、小さな出来事。
思えばそれが、本当の始まりだったのかもしれない。
その記憶があるから囚人《しゅうじん》は、彼女との繋《つな》がりを感じることができた。
だからこそ囚人には、〝チャーリー〟が必要だったのだ。

第六章　ディテールを突き詰めることが、現実とイコールになる

1

　夏休みが始まり、受験生たる俺たちの前には夏期講習が待ち受けていた。これまでは小さな塾のようなところに通っていた俺も、宗太《そうた》と紗季《さき》が通っている大手の予備校に鞍替《くらが》えし、勉強に本腰を入れることになっている。

　だけどもちろん、心はまだチャーリーの件に引っ張られていた。

　接知《せっち》さんと会った日からすでに四日が経《た》っている。七月も残すところ、今日を入れてあと九日。この辺りで進展がないと、最初に設定したタイムリミットが来てしまいそうだった。それでも今は、本条絵里奈《ほんじょうえりな》のパソコンについて調べている接知さんを待つしかなかった。


　昼休み中の予備校の教室。俺は一番後ろ端の席を陣取っていた。

　三十人程度が入るその空間には、長机とパイプ椅子がびっしりと並べられている。学校の教室に比べると、いくらか窮屈《きゅうくつ》な印象だ。次の授業のテキストでも眺めておくか、とバッグに手を伸ばしたところで、見慣れた顔が俺のほうへやって来る。

「新しいお友達はできた？」

紗季はさわやかに告げ、俺の隣に腰を下ろした。

「いや、友達ったって……」

ここで目にするのは、半分以上が同じ高校の生徒だ。その大多数とは特に親しいわけでもなく、顔見知りな分、改まって親交を深めるのも変な感じがする。結果、他の生徒との交流はほとんどない状態だった。

「あ、今のは挨拶《あいさつ》みたいなものだから、別に答えなくていいよ……って、こういうのなんて言うんだっけ？　質問してるわけじゃない質問。英語の授業でやった気がする」

「レトリカル・クエスチョン？」

「そう、それ！　レトリカルね。変なスペルだった気がするから要チェックかも」

彼女は鞄《かばん》を漁《あさ》って単語帳を取り出した。一単語ずつペラペラめくっていく短冊タイプのものだ。スマホアプリでも似たようなことができるなか、アナログを選ぶのが紗季らしい。

「そういえば、脚本読み終わったよ」

辞書アプリで単語を調べながら、彼女が不意に告げた。脚本というのはもちろん、『星を紡ぐエライザ』のことだ。接知さんはファミレスで見せてくれた脚本を俺たちにくれた。それを回し読みしていたのだけど、これで全員が読み終わったことになる。

「どうだった？」

「話には聞いてたけど、ほんとにチャーリーまんまでビックリ」

「何か気づいたことはある？」

「そうだなあ。あれってさ、最後のほうは接知《せっち》さんが書いたんだよね？」

「うん」

「書き手が途中で変わってるのは、やっぱ分かるもんだなって思った。言葉遣いやセンスなのかな。テンポ感とかトーンとか、終盤は明らかに違ってた」

物語の内容についてたずねたつもりだったから、その回答には少し意表を突かれた。

そうやって、彼女はいつも俺を驚かせる。

「あとはタイトルが気になったかな。星を紡ぐエライザ……ELISAシステムが仮想世界を作る話だから、『星』っていうのは『世界』の言い換えなんだと思うけどさ、『星を紡ぐ』って字《じ》面《づら》はやっぱ、『星を継ぐもの』を意識してる気がする。惑星規模の話でもないのに、わざわざ言い換えてるわけだしね。理久《りく》は『星を継ぐもの』読んだ？」

「いや、読もうとは思ってるけどまだ……」

「じゃあ早く読みなって。宗太《そうた》に言われて読んでみたけど、すごく面白かった。なんかね、頭のいい人たちがひたすら議論しまくるの。地味っちゃ地味なのに、とんでもなく壮大で……ってダメだ。ネタバレしちゃいそうだからこれ以上は黙っとく」

「ざっくりどんな話かは知ってるよ。でも宇宙飛行士が出てくるだけじゃ、そこまで関連はない気がするけどな」

「そこだよ、理久」

　彼女は人差し指を立て、不敵な笑みを浮かべた。

「絵里奈《えりな》さんが書いた脚本には、〝顔のないアバターとしての宇宙飛行士〟が登場するだけ。なのに、それを再現したチャーリーは白骨死体だった。手帳や暗号メモまで忠実に作り込んだ首謀者が、そこにだけ解釈を加えてる。それってもしかしたら、この話を『星を継ぐもの』に寄せようとしてる首謀者の意志なんじゃない？」

「うーん……だけどさ、〝顔のないアバターとしての宇宙飛行士〟を再現しようとしたら、それ以外の方法がないんじゃないかな、単純に」

「だったら空っぽでよくない？　ヘルメットの下に何もなければ、それだけで顔のないアバターって言えるでしょ」

「ああ。確かにそうか」

「これは私の勝手な憶測なんだけど……首謀者が絵里奈さんのことをよく知る人物だとしたら、彼女が『星を継ぐもの』から影響を受けたって知ってたんじゃないかな。だから当然のこととして、宇宙飛行士の死体は骨じゃなきゃいけないと思っていた……」

　彼女自身も言っているけど、それはあくまで憶測に過ぎない。

　でも――

「絵里奈さんが実際、『星を継ぐもの』の大ファンだったりしたら、あり得る話かもな。その辺り、接知《せっち》さんに確認してみようか。脚本に書いてないだけで、ヘルメットの下は設定上もほんとに骨なのかも」

――と、その時。

俺と紗季《さき》のスマホが、同時に通知音を発した。

画面を確認すると、接知さんからのメッセージだった。


首謀者が分かったかもしれない。

今日の夜、報告会を開かない？


俺たちは顔を見合わせた。

彼女がこくりと頷《うなず》き、いたずらっぽく告げる。

「断る理由がある？」

その問いかけはもちろん、答えを求めたものではなかった。

2

予備校が終わると、俺たちはいつものファミレスへ向かった。授業が別だった宗太《そうた》も合流し、夕飯がてらに接知さんとビデオ通話をする手筈《てはず》になっている。華乃子《かのこ》だけは不在で、彼女は今、都心の美術予備校を見学しに行っているらしい。

食事もそこそこに『星を紡ぐエライザ』について話し合っていると、接知さんから俺のスマホに着信が入った。スタンドにもなるカバーを使い、テーブルの上にスマホを置いて通話を開始する。

『もしもし？』

画面に接知さんの顔が映し出された。

無味乾燥な会議室のような場所で、椅子に座っている。

テレビ局の控え室かもしれない。

「こんばんは」

と会釈《えしゃく》する俺の横で、「本物だ……」と宗太が感動している。わざわざビデオ通話にする意味はあるだろうか、と思っていたけど、宗太と紗季は彼女とまだ会っていなかったわけで、これが顔合わせの機会にもなっていた。

「堤《つつみ》宗太です！」

「早坂《はやさか》紗季です！」

緊張気味の宗太と、微《かす》かに高揚感を漂わせている紗季が挨拶《あいさつ》する。

画面の向こうの接知さんは、二人の顔を確認するように身を乗りだした。

『話には聞いてるよ。それじゃあ二人もよろしくね』

そんな調子で挨拶《あいさつ》が済むと、接知《せっち》さんはさっそく本題に入った。

『文章打つの面倒だから、じゃじゃーっと話しちゃおうと思って。まず、絵里奈《えりな》の実家へ行ってきた。ご両親にパソコンのことを聞いてきたよ』

俺たちは三方向からスマホ画面を見つめ、続く言葉に期待を寄せる。

『華乃子《かのこ》ちゃんの言うとおりだった』と接知さんは頷《うなず》いた。『絵里奈の遺品にノートパソコンがあったんだけど、ご両親はサインインのパスコードが分からなくて放置してたんだって。だけどそこに、自分ならコードが分かるかもしれない、って人物が現れたの。絵里奈の幼馴染《おさななじ》みで、ご両親とも面識のあった、伊藤隼人《いとうはやと》という男』

ここに来て、新たなキーパーソンが登場した。

真相に近づいているという予感が緊張を呼び、鼓動が速まるのを感じた。

『伊藤隼人は、絵里奈が亡くなった数週間後に彼女の実家を訪ね、その場でパスコードを当ててみせた。なぜ分かったのかと聞くと、二人の記念日だったから、って答えたらしい。そう。ご両親もその時まで知らなかったんだけど、伊藤隼人は絵里奈の元恋人だったの。絵里奈が入院する直前ぐらいまで、二人は付き合ってたみたい。彼はパソコンをいったん預からせてほしいと頼み、ご両親はそれを許可した』

チャーリーの件の首謀者は、本条《ほんじょう》絵里奈のアカウントで共有フォルダにアクセスし、『星を紡ぐエライザ』の脚本を見たのではないか。それが華乃子の推理だった。

というとは――

「その伊藤隼人って人が、すべての首謀者……？」

紗季《さき》がつぶやくと、スマホの向こうから意外な声が返ってきた。

『だろうね！』

華乃子だ。

そして次の瞬間、画面端から華乃子が姿を現した。

カメラに向かって軽快に手を振り、接知さんの隣に並ぶ。

「華乃子!?　なんでそこにいるの？」と紗季が声をあげた。

『予備校見学のついでに、合流しちゃった。こっちに加わるほうが近かったから』

「近かったからって、あんた……」

大物俳優相手に、近いからという理由でアプローチできる華乃子もすごいし、そのまま受け入れる接知さんもなかなかに自由な人だと思った。

『ま、そういうわけだから。ほらほら、報告会続けよ？　ついに首謀者が明らかになったんだから。ていうか……』

と、画面内の華乃子が接知さんのほうを向く。

『絵里奈さんの元恋人については、接知さんも知らなかったんですよね？』

『うん。全然聞いたことなかった。仕事のこともプライベートのことも、全部話せる関係だと思ってたから驚いたな。ストーカーみたいな存在かとも疑ったけど、それだったらむしろ相談してたと思うし、なんていうか……彼女のまったく知らない一面が見えたみたいで、ちょっと変な感じ』

「でも」と紗季《さき》が話を進める。「あとはその伊藤隼人《いとうはやと》に真意を問いただせば、チャーリーの謎は解決なんじゃない？」

『ところがね、伊藤隼人の行方が分からないの』

それから接知《せっち》さんは、伊藤隼人について調べたことを共有した。彼女はまず、本条絵里奈《ほんじょうえりな》と伊藤隼人が通っていた中学校の卒業アルバムを両親から借り、本名でSNSを使っている同窓生を経由し、伊藤隼人の家族の連絡先を突き止めた。そうして分かったのは、伊藤隼人が行方不明で捜索中になっていることだった。彼は現在二十三歳で、アルバイトをしながら杉並区のアパートで独り暮らしをしていたという。だけどひと月ほど前から連絡がつかなくなり、心配した両親は杉並区のアパートまで様子を見に行ったそうだ。

『伊藤隼人が部屋にいる気配はなかった。で、管理人に相談して中に入ってみたら、そこには異様な光景が……って、そうだ、ちょっと待って』

接知さんの顔がぐっとカメラに寄った。

何かしらスマホの操作をして、隣の華乃子《かのこ》にたずねる。

『通話したまま動画って開ける？』

『画面共有しちゃえばいいんじゃないですか？　その、端っこのボタン』

『あ、なるほどね……』

そこでカメラモードが終了し、接知さん側のスマホ画面が表示された。

いくつかの操作を経て、今度は動画の再生画面が表示される。

『伊藤隼人のご両親が、情報収集用にアパートの様子を撮影した動画。これを見ればもう、色々明らかだから』

そして、色々明らかだという動画が始まった。


――薄暗い、畳敷きの一室。


撮影者の腕がカーテンを引き、まばゆい日光が視界を埋め尽くす。

やがてカメラが振り返り、部屋の全貌《ぜんぼう》が映し出された。

「うわ……」

紗季と宗太《そうた》が声をあげた。

書籍や段ボール箱が所狭しと積み上げられた、四畳半ほどの空間。そこに、五、六着の〝宇宙服〟が散乱していた。本の山に被《かぶ》せられているもの、布団の上に放り出されているもの、壁に掛けられているものもある。ヘルメットやバックパックもおそらく同じ数だけあり、古風な和室とのギャップで異様な雰囲気《ふんいき》が漂っている。

カメラがゆっくりと動き、部屋の各所を舐《な》めるように撮影していく。

宇宙服に関して際立っていたのは、そのどれもが異なって見えたことだ。スーツの材質、ホースを接続するソケットのカラーリング、ヘルメットの形状、バックパックの作り込み具合など、あらゆる面に違いが見て取れる。

カメラはやがて、部屋の隅のローテーブルを捉《とら》えた。そこには黒いカバーのついた手帳が三冊積み重なっている。撮影者の手がそのページを開くと、中の文面が部分的に読み取れた。

――忘れ物を取りに夜の学校へ侵入した男子生徒がいた。この時、男子生徒の他にも友人が一人同行していたのだが、その友人が忽然《こつぜん》と姿を消してしまったと――

チャーリーの手帳に綴《つづ》られていた、学園生活の記録だ。『星を紡ぐエライザ』に即して言うなら、シミュレーションの精度を測るための記録、ということになる。

そして、ここまで来れば予想はついたけど、テーブルの目の前の壁には、例の暗号を印刷したものが画びょうで留められていた。異星言語を思わせる奇怪な文字たちが、五十音表のような形式でずらりと並んでいる。

これについては、接知《せっち》さんが補足を加えた。

『壁の暗号表は、わたしが共有フォルダに入れた資料そのまんま。美術スタッフの人に作ってもらったやつね。つまり伊藤隼人《いとうはやと》は、わたしが執筆を引き継いだ後のフォルダを、間違いなく見てる』

テーブルの上には、おそらくそれを見ながら書いたのであろう、手書きの暗号文が散乱していた。大量の紙片に、例の暗号メッセージがびっしりと綴られている。書き慣れない記号だからか、書き損じらしき紙片も多く――


「ちょっと待った！」

宗太《そうた》が唐突に声をあげ、動画の再生が止められた。

「今のとこ、少し戻せますか？　そうです……そこ！　あ、そこで停《と》めて！」

言われるままに映像が戻り、紙片の一部を映した瞬間で一時停止する。

「暗号文がどうかした？」と俺はたずねた。

「これ、違うぞ」

「ちがう？」

「ほとんどは例の宣戦布告文が書かれてるだけっぽいが、違う文章も交ざってる」

宗太《そうた》の指摘を受け、画面に映った暗号文を改めて観察する。

手書きなうえに、動画を一時停止した粗い画像だから細部がよく見えない。というか、どれだけ解像度を上げたところで、似たような図形の羅列《られつ》にしか見えないだろう。

「なんでそんなこと……ってまさか宗太、あの文字が読めるのか？」

そうたずねると、宗太は口の端を上げて怪しげな笑みを浮かべた。

メガネの奥の目が、ここ一番の輝きを発している。

「ああ。遠征中に解読法が分かったろ？　あの時からずっと、こっそり勉強してたんだ」

確かに、解読法自体は分かっていた。

華乃子《かのこ》がＳＮＳに投稿した暗号文に対し、マクラウドと名乗る人物が解読方法を説明してくれたからだ。とはいえ、メッセージの内容さえ分かれば充分だった俺たちは、その説明を理解してはいなかった。それなのに、宗太は理解しようと努力し、そらで読み解けるまでになっていたのか。

『すごい』と接知《せっち》さんも感嘆する。『わたしだって一覧表と見比べないと読めないのに……それで？　なんて書いてあるの？』

宗太は頷《うなず》き、その文章を情感たっぷりに読み上げた。

「……目覚めたその先で、彼女が待っている」

言葉の意味が浸透するのを待つように、しばしの沈黙が訪れた。

「目覚めたその先……」と俺は繰り返す。

『星を紡ぐエライザ』に即して考えるなら、仮想現実からの目覚めのことだろうか。そして、伊藤隼人《いとうはやと》が〝彼女〟と呼ぶその相手は――本条絵里奈《ほんじょうえりな》しか考えられなかった。

そうして浮かんだ解釈を、俺はゆっくりと口にする。

「仮想現実から目覚めれば、本条絵里奈と再会できる……？」

暗号文字で記されたそれが、伊藤隼人の目的なのだろうか。

物語の再現に没頭しているらしい彼は、その合間になぜ、この文章を書いたのだろうか。

そこで宗太が言った。

「暗号文字は、宇宙飛行士に隠れてコミュニケーションを取るためのものだ。つまり、仲間へのメッセージや、解放作戦のための調査記録に使われる。伊藤隼人がその設定に従って行動してるなら、この文章も記録の一種なんじゃないか？　この動画だけじゃ分からないけど、これ以外にも、自分の行動や想《おも》いを日常的に暗号で綴《つづ》ってるのかもしれない」

現実離れした考えだ。
だけど伊藤隼人《いとうはやと》は実際、現実を見失っているのかもしれない。

——この世界は仮想現実なのか？

一度は俺たちも惑わされたその問いの答えは、もちろんノーだ。だけど伊藤隼人にとっては、それが真実になってしまったのかもしれない。彼は仮想現実であるこの世界から脱出し、本条絵里奈《ほんじょうえりな》と再会することを望んでいるのかもしれない。

3

『ここまで揃《そろ》えばもう、〝チャーリー〟を仕掛けた首謀者は彼で間違いないでしょ』
議論が一段落したところで、接知《せっち》さんがきっぱりと告げた。
「ですね」
俺は同意し、紗季《さき》と宗太《そうた》に視線を送った。
たどり着いた結論を嚙《か》みしめるように、二人は頷《うなず》いた。
唐突に始まった俺たちの謎解きは、一つの大きな答えを導き出したのだ。

首謀者は伊藤隼人。

本条絵里奈のパソコンを手に入れた彼は、共有フォルダにあった『星を紡ぐエライザ』の脚本を読み、その内容を忠実に再現した。その目的については推測の域を出ないけど、起こった事実はきっと、それで間違いない。

「手帳や宇宙服がたくさんあったのはなんでだろう？」

紗季が疑問を口にすると、画面の向こうの華乃子《かのこ》が反応した。

『たぶんなんだけど、アップグレードしてたんじゃないかな？　あの宇宙服、デザインそのものはアポロ計画のやつを参照してるんだと思う。だから、ものによって違いがあるように見えたのは、デザインの違いじゃなくてクオリティの差。

ヘルメットが分かりやすいけど、シールドの面積が小さくて、ただのフルフェイスみたいなやつがあったんだよね。それが段々、面積の大きなバブルシールドで工夫するようになって、最終的にはたぶん、自分で型を取って作ってる。そうやって色んな素材を調達する中で、例の映画衣装も手に入れたんじゃないかな。盗んだのかなんなのか知らないけど、実際の宇宙開発事業に関わってるメーカー製で、見た目も宇宙服に近いとなれば、なんとしても欲しいでしょ。あたしたちが気づいてないだけで、他の部分もそういうレア素材の寄せ集めなのかも』

「アップグレードか……」と紗季がつぶやいた。「少しでも本物っぽくなるように、小道具を

作り続けてた……？　いや、本物っぽくじゃなくて、本物に
するため……？」

『どういうこと？』と接知《せっち》さん。

「私、なんとなく分かる気がするんです」

そうして紗季《さき》は、伊藤隼人《いとうはやと》の心に寄り添おうとする。

たとえその相手が、会ったこともない謎の人物であっても。

「現実が見えない時って、細部に注意が向くと思うんです。ディテールを突き詰めることが、現実とイコールになるっていうか。映画の小道具とかもそうですよね？　架空の世界の雑誌とか、ラジオで流れてる番組とか、そういう細部が世界を作る。だからきっと、宇宙服や手帳の細部を突き詰めることが、物語を物語じゃなくする儀式みたいになってたんじゃないかな」

紗季はたぶん、自分自身の経験から語っていた。

隕石《いんせき》の落下という嘘《うそ》のような出来事に憑《と》りつかれた彼女は、現実感を取り戻すためにもがいていた。彼女は隕石のことを執拗《しつよう》に調べ、その細部を知ることで、事実を事実として受け入れようとしていた。伊藤隼人はその逆と言えるかもしれない。耐えがたい現実を捨て去るために、架空の細部を突き詰め、新たな現実に閉じこもろうとしているのだ。


——でも、本当にそれだけだろうか？

本条絵里奈《ほんじょうえりな》がどれだけ大切な存在だったとしても、彼女が遺《のこ》した物語を現実と思い込むなんて、発想に飛躍がある。そこには何か、そう考えさせるきっかけがあったのではないか。

すると、ある可能性に思い当たった。

なんの証拠もない、ただの憶測だ。それでも今は、口に出すべきだと思った。

そういうタイミングがあることは、ここ最近の出来事で痛感している。

「もしかしたら、接知さんが続きを書いたことも影響してるんじゃゃ……」

『なんのこと？』と接知さんが聞き返す。

「伊藤隼人が絵里奈さんのパソコンを手に入れたのは、彼女が亡くなってから数週間後だったんですよね。その時点ではまだ、脚本は未完成だったんじゃないですか？　接知さんが続きを書き始めたのは、もっと後のことだった」

『うん。時期的にはまあ、確かにそうだけど……』

「彼がもし、共有ファイルだと気づいてなかったら？　未完の脚本だと思ってたものに、ある日突然、続きが書き足されてたらどう思います？　伊藤隼人はそこに、絵里奈さんの存在を見出《いだ》すかもしれない。死んだはずの絵里奈さんが、〝ここではないどこか〟から自分に語りかけてるんだって」

『なるほど』と接知さんは首をひねる。『彼の行動には異様なところがあるし、それぐらいの飛躍がないと説明がつかないか……おまけにわたしが書き足したのは、仮想現実から脱出するクライマックスの部分だからね。それを自分へのメッセージと受け取ったとしたら、一応の辻褄《つじつま》は合う……かなあ』

最後は懐疑的なトーンだった。どれだけ理屈を補っても、飛躍があることは間違いない。だけど、この奇妙な事件の根底には、それだけの歪《ゆが》んだ何かがあるように思えてならない。

「目覚めた先で、絵里奈《えりな》さんが待っている……伊藤隼人《いとうはやと》という人は、自分をだましてでもそう信じたかったんじゃないでしょうか？　そうして物語に囚《とら》われてしまった。だとすれば、さっきの動画で垣間見《かいまみ》た執着のようなものも——」

「待て待て！」

そこで突然、宗太《そうた》が声をあげた。

「全部繋《つな》がったような雰囲気《ふんいき》になってるけどな、一つ致命的なことを忘れてるぞ！」

全員が黙り、話の続きに注目する。

宗太は肩をすくめ、そんなことも分からないのか、と言いたげに片眉を上げた。

「骨さ！　人が一人死んでる以上、〝物語に囚われた哀《あわ》れな男〟ってだけじゃ済まない。己の妄信《もうしん》のために人を殺す、極悪非道な人間って見方もあるんじゃないか？」

「でも私は」と応じたのは紗季《さき》だ。

伏し目がちに、ぽつぽつと言葉を継いでいく。

「あの部屋に……たくさんの宇宙服が転がるあの部屋に、行き場のない哀《かな》しみを感じた。その哀しみはきっと、このままだと深まり続けるだけ。だってそうでしょ？　八月になって、旧校舎が取り壊されたらどうなるの？　脚本にその先はない。〝現実世界への脱出〟は、絶対に成功しない。その時が来たら、彼はどうなっちゃうの？」

そして彼女は視線を上げ、画面内の接知《せっち》さんに訴える。

「だから私は……彼を救いたいです」

『殺人犯かもしれなくても？』

接知さんの問いかけに、紗季は黙って頷《うなず》いた。

その目には、俺がよく知る自然な輝きがある。

『他のみんなはどう？　手を引きたかったら言って』

画面の向こうの華乃子《かのこ》も含め、俺たちは視線を交わし合った。

考えるまでもないことだ。

『あたしは全然、付き合うけど』と華乃子。

「同じく」と俺は手を上げる。

残る宗太に視線が集まった。

宗太は居心地悪そうに顔をしかめ、メガネの位置を直した。

「僕だって別に、止めたくて言ったわけじゃない。みんなを巻き込んだ言い出しっぺとして、危険性を指摘したまで――」

『はい、全員オッケーです！』

華乃子《かのこ》が食い気味にまとめ、意思の確認は済んだ。

それを受け、画面の向こうの接知《せっち》さんが口を開く。

『分かった。でも一つだけ条件がある。わたしが危険だと判断したら、そこでこの話は打ち切り。それだけは了解してくれる？』

接知さんとしては、個人的な問題に高校生を巻き込んでいるという意識なのだろう。そういう条件が出てくるのは、もっともなことだ。俺たちはもう一度視線を交わし合い、しっかりと頷《うなず》いた。接知さんはそれを見届け、高らかに告げる。

『それじゃあみんなで考えようか。いったいどうすれば、伊藤隼人《いとうはやと》を救えると思う？』

4

作戦会議を終え、俺たちはそれぞれの家路についた。考案された救出作戦は、一週間の準備を要する壮大なものとなった。道具の手配だけでなく、俺に関しては、任された役割的に体力の心配もしなければならない。

念のため、明日から走り込みでもしておくか――なんて考えながら、たどり着いたこの状況をおかしく思った。チャーリーを発見したあの時には、想像もしていなかった展開だ。俳優・接知《せっち》彩花《あやか》と手を組み、会ったこともない相手を救おうとしている。

――物語という仮想空間の囚人《しゅうじん》を、現実へ連れ戻すために。

言ってみればそれは、俺たちの勝手な想像に基づく行動だ。伊藤隼人の実際の状況が、こちらの想像とはまるで違う可能性だってある。だけどそれは問題じゃない。それでも動くべきだと、今の俺は、疑いなくそう思っていた。


家に着き、もう眠っているであろう両親を起こさないよう、忍び足でリビング・ダイニングを通り過ぎようとしていると、真っ暗なそこで母さんと鉢合わせた。母さんはテーブルの席につき、グラスに注いだ牛乳を飲んでいるところだった。

突然の遭遇に内心で跳び上がりつつ、俺は壁のスイッチを押した。

数秒遅れて部屋が明るくなり、パジャマ姿の母さんと目が合う。

帰りが遅くなって後ろめたかった俺は、できるだけ軽いノリで声をかけた。

「びっくりした……青から突然だね」

と母さん流のイディオム表現を採り入れてみる。

母さんは満足気に頷《うなず》き、いつもと変わりない調子でたずねた。

「新しい予備校はどう？　やっぱり大手は違う？」

「ああ、うん。なんかこう……蓄積されたノウハウの差を感じるっていうか」

そう返事をする間に、母さんは牛乳を一口飲んだ。

それからグラスをテーブルに置き、黙り込む。

どうにも居心地の悪い沈黙だった。

空気に耐えかねて俺が口を開こうとすると、母さんが鋭い声で告げた。


「悪いことはしてないのよね？」


会話の流れも何もない、唐突な質問だ。それこそ、青から突然の。

俺は困惑して聞き返す。

「え……と、なんのこと？」

母さんは、俺の目をまっすぐに見つめて答える。

「上手《うま》くごまかせてるつもりなのかもしれないけど、あの四人で何かやってることぐらいは分かる。軽く釘を刺してみても、結局様子が変わらないからこうして聞いてるの」

確かに、母さんからは勉強に身を入れるよう何度か釘を刺されていた。

授業をサボりがちだったから注意されるのは当然として、その裏で、俺たちが繰り返し集まっていることまで勘づいていたのか。

「それは……」と言いかけ、言葉に詰まる。

何をどこまで説明したらいいのかが分からなかった。

「洗いざらい全部吐けって言ってるわけじゃない。そこまでの束縛をするつもりはないの。だからね、一つだけ確認させて。悪いことはしてないのよね?」

いつになく真剣な様子の母さんを前にして、緊張と、ある種の気まずさを感じた。

死体を発見しながら通報していないことをはじめ、俺たちの行動が正しくない自覚はもちろんある。だけど――伊藤隼人《いとうはやと》を救おうとすることや、ぎこちなくなっていた俺たちの関係を修復しようとすることや、青春を取り戻そうとすることが悪いことだとは思えなかった。だから俺は、そこにある正しくなさも自覚しながら、きっぱりと答える。

「大丈夫。悪いことはしてないよ」

かすかに胸が痛んだけど、正しくないことをしている以上、避けられないことだと思った。

ここから先へ進み、最終作戦を遂行するということは、そういうことなのだと思った。

誠意を目で測るような間を挟み、張り詰めていた母さんの表情がふっと緩んだ。

「分かった」と柔らかい調子で告げる。「そういうことなら、理久《りく》を信じてうるさいことは言わないことにする。だからまあ……」

母さんは立ち上がり、牛乳のグラスを持って寝室がある廊下のほうへ向かった。

そして、去り際の背中で言い残す。

「足を折りなさい」

それもまた、母さんがよく使う直訳表現だった。「break a leg」で「がんばれ」とか「成功を祈る」とか、相手を応援する意味になったはずだ。由来は知らないけど、これから俺がやろうとしていることを思うと、あまりに不吉で苦笑いするしかなかった。

幕間

その日、囚人《しゅうじん》の夢に青色の巨人は現れなかった。
囚人は部屋のカーテンを引き、朝日に照らされた町並みを見下ろした。
三狛江《みこまえ》駅の周辺は多少栄えていて、それがかえって殺風景な印象を与えている。
周囲に田畑が広がる隕石《いんせき》事故の現場や、緑に囲まれた旧校舎付近とは大違いだ。

——が、そんなことはもうどうでもいい。
——これほど清々《すがすが》しい目覚めは、いつぶりだろう。

退屈な風景を見つめながら、囚人は満面の笑みを浮かべる。

——約束の時が来た。
——目覚めに至る長い道のりは今日、ついに終わりを迎える。

室内を振り返ると、ナイトテーブルに置かれたノートPCが視界に入った。
テキスト編集ソフトが起動した画面には、短い文章が綴《つづ》られている。

決行は七月三十一日、午前十時。
迎えに行くから、校舎の外で待っていて。
囚人はナイトテーブルの前でかがみ、その文字列を改めて見つめた。
抑えきれない興奮が、表情に滲《にじ》み出ていた。
——さあ、絵里奈《えりな》に会いに行こう。

第七章　心の宇宙

1

両親が揃《そろ》ってバイク好きという、比較的ワイルドな華乃子《かのこ》の家にはガレージがある。レトロな趣《おもむき》のバイクが二台停《と》められたそこは、半分ばかりが整備用スペースになっていて、普段から華乃子の作品制作にも使われているという。

跳ね上げ式のドアが開け放たれ、まばゆい朝の日差しがガレージ内に差し込んでいた。

接知《せっち》さんを交えたビデオ会議から約一週間——

七月最後のこの日、俺たちは最終作戦を決行するべく集合した。

整備用スペースの中央にはブルーシートが敷かれ、そこに三着の宇宙服とヘルメットが置かれている。伊藤隼人《いとうはやと》の部屋で見つかったものを、接知さんが借りてきたのだ。

この衣装を借りられるかどうかが作戦のネックだっただけに、家族との交渉が上手《うま》くいったのは幸運だった。俳優・接知彩花《あやか》に「これを貸してくれたら、息子さんを発見できるかもしれないんです」と頼み込まれた家族の混乱は想像に難《かた》くないけど、少しでも望みがあるならと、訳が分からないなりに託してくれたのだと思う。

そうして調達した三着の宇宙服は、チャーリーが着ていたものに比べてクオリティが低かった。そこで調整の指揮を執ったのが華乃子だ。日頃の作品制作経験を活《い》かし、三着すべてがチャーリーの宇宙服と近くなるよう、急ごしらえの改造が行われている。俺たちも部分的に手伝いはしたけど、大部分は華乃子の力だ。

「やっぱすごいね」と紗季《さき》が感想を告げ、

「さすがは捏造《ねつぞう》系アーティスト」と俺も同意した。

そんなやり取りを眺め、腰に手を当てた華乃子が誇らしげに微笑《ほほえ》む。

この後の作戦決行に備え、今日はいつものお団子を解いて髪を下ろしている。

「あんな楽しい制作は初めてだった。ゴツい３Ｄプリンターとかも使えて最高だったなあ」

宇宙服の改造にあたっては、例の暗号文字を作った美術スタッフの工房を借してもらえた。単純作業しか手伝えない俺たちと違い、知識のある華乃子はプロの手ほどきを受け、終始上機嫌だったのだ。

「……なんかもう、あたし的には充分やり切った感あるね」

「なーに言ってんの！」

と元気よくガレージへ入ってきたのは接知さんだ。俺たちが普段どおりの制服姿なのに対し、彼女は気合いの入ったランニングウェアで身を固めている。

「制作に情熱があるのは結構だけど、現場での最終的な活躍にも関心を持って。そうして初めて見えることもあるんだから」

「はーい、関心を持ちまーす」

華乃子《かのこ》はへなへなと片手を上げ、不真面目そうに答えた。

今回の作戦準備に費やした一週間──その期間で二人は、奇妙な師弟関係のようになっていた。思えば華乃子が作ってきたモキュメンタリーの類いは、個人制作の短編映画のようなものでもあるわけで、俳優・接知彩花《せっちあやか》との距離が縮まるのも分からなくはない。

一方、この関係性を快く思っていないのが宗太《そうた》だ。

ガレージの端でおとなしくしていた宗太は、

「すいません、無礼な奴《やつ》で」

と接知さんに頭を下げ、申し訳なさそうにしている。宗太はたぶん、映画や演技の世界に関心が高い分、恐れ多くて距離を縮められないのだろう。斜に構えた態度を取ることはあっても、根が真面目だからそうなるのも分かる。

そんな宗太に対し、接知さんは笑顔で応じた。

「いいよいいよ。華乃子ちゃん、いつもあんな感じだから」

そして俺たちを見やり、問いかける。

「で、みんな準備はいい？」

「はい！」

全員が頷《うなず》くと、接知さんは咳払《せきばら》いをして語りだした。

「わたしと絵里奈《えりな》が出会えたのは、たまたま顔が似てたっていう、とんでもない偶然のおかげ。だけどその偶然は同時に、伊藤隼人《いとうはやと》の人生を狂わせたものでもある。わたしは絵里奈のことを想《おも》って、下手なりにがんばって『星を紡ぐエライザ』の続きを書いたけど、おそらくはその行動が、今回の事態を生んでしまった。

でも……じゃあ何？ わたしと絵里奈が出会わなければよかったの？ わたしなりの弔《とむら》いをするのが、いけないことだったの？ そんな風には思えない。だからわたしは、わたしと絵里奈を繋《つな》いだ偶然を邪悪なものにしないために、伊藤隼人を救わなきゃいけないんだと思う。それがきっと、絵里奈のためでもあると信じてる。

みんなとの出会いもそう。とんでもない偶然の末にわたしたちは出会い、今ここで、同じ目的のために力を合わせてる。受験真《ま》っ只中《ただなか》のところで巻き込んじゃったのは申し訳ないけど、この偶然だってきっと、わたしたちの力で幸福な偶然にできる。

わたしが目指したいのはそれ。

今日の作戦を成功させて、わたしたちの出会いと、それにまつわるすべての偶然を、最大限幸福な偶然へと導きたい。そういうわけだから……みんなよろしく！」

接知《せっち》さんは高らかにスピーチを締め、深く礼をした。

初めて会った時から感じていたけど、彼女にはどこか、親しみやすい柔らかさがある。出演作を観るだけでは分からないそんな一面を知れたのは、幸福な偶然と言えるかもしれない。

そしてもちろん、俺はこう考えていた。

今の話はそのまま、〝運命〟の話でもあると。向き合い方は人それぞれで、正解なんてないのだろうけど、接知さんが示した運命観は明快だ——要するに、結果次第で見方は変わる。

2

『星を紡ぐエライザ』の結末は曖昧《あいまい》だ。

ポータルから現実世界へ脱出した主人公の仲間たちは、マザーコンピューターの破壊を試みる。だけどその作戦が成功するのかは分からない。一方の主人公は仮想世界に留《とど》まり、ポータルを破壊することで、シミュレーションを停止に追い込めるのではないかと考える——のだけど、これが上手《うま》くいくかどうかも分からない。

そんな結末を利用し、〝その先〟を描いてしまおう、というのが俺たちの作戦だ。物語に閉じこもっている伊藤隼人と接触するには、物語の一部になるしかない。俺たちはそう考え、例の共有フォルダに新たなテキストファイルを追加した。


作戦は成功。私たちは現実世界の企業勢力を制圧した。

ただし、マザーコンピューターを破壊することはできない。

シミュレーションを停止しても、接続中の人間は目覚めない。

むしろそのまま死んでしまうの。

だから、あなたもそこから脱出して。

私が宇宙飛行士として仮想世界に侵入し、新たな出口を用意する。

決行は七月三十一日、午前十時。

迎えに行くから、校舎の外で待っていて。


先に脱出した仲間が悪《あ》しき企業を制圧し、主人公の救出にやって来るという筋書きだ。話として面白いかはともかく、物語に沿う形で伊藤隼人と接触するには、このメッセージで充分だと信じたい。

とはいえ、この筋書きにもいくつか問題はあった。

難しいのは、伊藤隼人の正確な精神状態が分からないことだ。物語に囚《とら》われているのは間違いないとしても、彼は舞台となる高校のモデルが三狛江《みこまえ》高校旧校舎であることを認識し、そこにチャーリーを仕掛ける冷静さも持ち合わせている。だけど物語上はあくまで架空の土地が舞台なのだから、たとえば「三狛江市《みこまえ》」といった概念が通用するのかどうかが分からない。細かいことだけど、可能な限り物語に沿うことを心掛け、メッセージでは具体的な地名を使わないことにした。

そうなると、伊藤隼人《いとうはやと》を確実に呼び出せそうな場所は旧校舎以外になかった。

これの何が問題なのかと言うと、作戦決行のタイミングが「見納め会」と被《かぶ》ってしまったのだ。旧校舎が一般公開される最後の機会である今日は、大勢の来訪が予想される。宇宙服の準備にどうしても時間が必要だったから、決行を早めることはできなかった。だったら先延ばしにすればいいかというと、明日には取り壊しの作業が開始されてしまうのでこれもできない。

見納め会の開始は午前十一時だ。

だからその一時間前に伊藤隼人を呼び出し、別の場所へ誘導することにした。そこで思いついたのが、「宇宙飛行士が迎えに来る」という展開だ。宇宙服を着た俺たちはリレー形式で伊藤隼人を誘導し、こちらが用意した〝出口〟を目指す。

ひと気がなく、自由に演出を加えられる場所――

そんな条件から〝出口〟に選ばれたのは、新校舎の屋上だった。

提案したのはもちろん宗太《そうた》だ。演劇部のスモークマシンや照明機材を持ち込み、殺風景な屋上にSF的装飾を施《ほどこ》すことになっている。屋上にこだわる宗太の個人的願望が多分に含まれていそうだけど、細部に執着する伊藤隼人が相手なら、演出が凝《こ》っていて困ることはないだろう。

リレーの最終走者は接知《せっち》さんだ。

伊藤隼人を屋上まで導いた接知さんは、そこでヘルメットを外し、彼と対話する。

ここでミソになるのが、接知さんと本条絵里奈《ほんじょうえりな》の関係だ。本条絵里奈はもともと、接知さんと顔が似ているという偶然で『カリンの空似』にキャスティングされている。物語に憑《と》りつかれた状態の伊藤隼人も、本条絵里奈にそっくりな彼女が目の前に現れれば、心を開いて話ができるかもしれない。それがきっと、彼を現実に引き戻す架け橋になる。

そして迎えた本番。

リレーの第一走者である華乃子《かのこ》は、宇宙服を着て旧校舎の外で待機している。見納め会の開始は一時間後とはいえ、運営スタッフが先に来ているため、彼女は周囲の森に身を隠し、伊藤隼人の出現を待つことになる。

『いよいよだね』

ワイヤレスイヤホンから、旧校舎にいる紗季《さき》の声がした。彼女は伊藤隼人出現時の誘導をサポートする。色々な状況が考えられるけど、要は伊藤隼人《いとうはやと》が華乃子《かのこ》に気づかなかった場合に注意を引く役目だ。彼の外見については、調査の過程で手に入れた学生時代の写真からおおよその顔立ちは把握できている。伊藤隼人が宇宙飛行士の存在になかなか気づかない時は、ぶつかるなり話しかけるなりして、視線を誘導するというわけだ。

「さすがに緊張してきたな」と俺は返事をする。

第二走者である俺は、バックパックを背負い、宇宙服を積んだ自転車でリレーの中継地点へ向かっていた。

本日は快晴だ。

思わず目を細めてしまうほどの日光が、一面の田畑に降り注いでいる。

ペダルを漕《こ》ぐ足に力を込めれば、頬《ほお》にあたる風が勢いを増していく。

『これから伊藤隼人に会うんだね、私たち。なんか不思議な感じ』

と再び紗季《さき》の声がする。

「ああ。最初にチャーリーを見つけた時は、こんな展開予想してなかった。まさか宇宙服を着てマラソン大会だなんて」

『そうだね。だけどさ、どんな展開なら予想してた?』

「ああ……もっと地味なやつかな。すべて偽物《にせもの》、全部イタズラでした、みたいな」

『偽物ではあったでしょ?』

「骨は本物だった」

『それはそうだけど……』

「紗季はそこんとこ、全然心配してないよね。伊藤隼人が冷徹な人殺しかもしれないって」

『うーん』

　そこで少し間が開いた。

　視界の先には中継地点が見えてきていた。畑に囲まれた道路わきに、背の高い木が生えた茂みがある。そこに自転車を停《と》め、木々に隠れて宇宙服に着替える手筈《てはず》だ。

『あんまりピンと来ないんだよね。物語に逃避しちゃうほど誰かを強く想《おも》える人が、身勝手に人を殺したりするのかなって』

「だとするとあの骨は、伊藤隼人が殺したわけじゃない誰か？」

『私はそう信じたい。甘っちょろい考えかもしれないけど』

「いや……これから救おうって相手なんだ。善人であってほしいと願うのは、自然なことだと思う。俺も一緒に信じるよ」

　伊藤隼人が残していった、宇宙服の散乱する部屋を見て紗季は言った。

　あの光景に、行き場のない哀《かな》しみを感じると。

　俺はその感性を信じようと思った。初めて言葉を交わした時からずっと、俺が惹《ひ》かれていたのは、彼女のそういうところなのだから。

『ちょっと！』

そこで突然、華乃子《かのこ》の声が割り込んできた。

すっかり忘れていたけど、作戦中はグループ通話を繋《つな》いでいたのだ。

『盛り上がってるとこ悪いけど、ターゲットが到着したよ！』

3

そして華乃子が走りだした。

宗太《そうた》は〝出口〟の演出準備をしているから、三着用意した宇宙服の二着は、比較的体力のある華乃子と俺で使い、伊藤隼人《いとうはやと》を引きつけながら新校舎を目指すことになる。最後の一着は接《せっ》知《ち》さんが使い、屋上までのラストスパートと、伊藤隼人との対話を行うという流れだ。異様な光景が人目を引かないよう、走行ルートは人通りのないところを入念に選んである。

しかしながら、宇宙服を着て、バックパックを背負い、ヘルメットを被《かぶ》って走るのはかなりキツい。だからリレー方式にしたわけだけど、伊藤隼人の体力次第では、追いつかれることも心配しなければならない。

誘導のサポートを終えた紗季《さき》は、宗太と合流するべく新校舎へ向かっているはずだ。

「華乃子、そっちの状況は？」

中継地点の茂みに自転車を停《と》めた俺は、イヤホンの向こうの彼女にたずねる。いざ始まると時間の経過はあっという間で、華乃子の担当ルートはすでに終盤に差し掛かっていた。

『……万事、順調！　だけど！』

彼女は息を荒らげ、途切れ途切れに応答した。

「だけど？」

『あんまり！　話し！　かけないで！』

「あ、ごめん……」

怒られてしまったので俺は黙り、出走準備に入った。

まずは木々に隠れながら宇宙服を着る。改造作業中にも試着はしたけど、野外で着ると暑苦しさが尋常ではなかった。ほんの数秒で体中が汗ばみ、肌とスーツが接触している箇所に不快なべたつきを感じた。

続いてバックパックを背負い、酸素供給用ホースに見立てた管をスーツ前部のソケットに嵌《は》め込んだ。あとはヘルメットを被れば完成だけど、それは華乃子の姿が見えてから――と思って林から顔を出すと、華乃子の姿がすでに小さく見えていた。

その数十メートル後方には、さらに小さな人影。

伊藤隼人だ。

距離があって顔までは分からないけど、柄シャツにジーンズという格好で、宇宙飛行士のあとを追っている。

なんとも奇妙な光景だ。

もうすぐこの林で方向転換をするから、そのタイミングで華乃子《かのこ》と交代することになる。俺はヘルメットを装着し、呼吸を整えてスタートの姿勢を取った。

ミラーシールドのせいで、視界が若干暗くなっている。

緊張をはらんだ長い間を経て、振り絞るような華乃子の声がイヤホンに響いた。


『……はい、バトンタッチ！』

彼女が林に倒れ込むのを横目で見届け、俺はいよいよ駆けだした。

「第二走者、行きます！」


遮るもののない大きな空の下に、一本の道がまっすぐ伸びている。

田畑に囲まれたそこは、エライザが生み出した〝心の宇宙〟でもある。

人々の記憶を繋《つな》いで作られた、仮想現実——伊藤隼人《いとうはやと》が囚《とら》われた、物語の世界。

宇宙飛行士としてそこへ侵入した俺は、その真《ま》っ只中《ただなか》を、一目散に駆け抜ける。

体が思うように動かない。

体中から汗が噴き出し、スーツの中がどんどん蒸れていく。

あっという間に疲れがたまり、足を止めたい衝動に駆られた。

それでも止まれない。


——伊藤隼人は、この状況をどう思っているのだろう?


走り去る宇宙飛行士を追いかけ、真夏のマラソン大会に付き合わされている。

宇宙服がないだけマシだけど、距離が長い分、向こうも相当キツいはずだ。

その体の痛みが、流れる汗が、乱れる呼吸が、確かにこの世界を生きているのだと、そういう実感を呼び起こさないのだろうか。

なぜなら俺は今、全身でそう感じていた。

考える余裕を奪われ、体が意識のすべてになっていく。

足が地面を踏みつけ、腕が空を切る。

ただ前を見つめ、少しずつ過ぎる風景に、全身で飛び込んで——

4

「なんで理久《りく》はキツネなの？」


不意に聞こえてきたのは、千穂姉《ちほねえ》の声だった。

いつのことだかも分からない、おぼろげな記憶だ。

場所はどこだっただろう。

紗季《さき》がノートに描いた絵を見て、千穂姉が笑っていた。

俺と宗太《そうた》と華乃子《かのこ》が、動物のイメージに置き換えられたイラストだ。

制服姿の気怠《けだる》そうなキツネの下に、「リク」と名前が書かれている。

「理久もキツネも、案外足が速いから」

紗季の答えは簡潔だ。

「それだけ？」と千穂姉が聞き返す。

「うん。宗太はすぐ博識ぶろうとするからフクロウ。華乃子は野性的だからオオカミ」

「……で、なんで私はゾウなわけ？」

千穂姉は少し不満げだ。

図体の大きなゾウは、制服を着せたところで可愛《かわい》げがないと感じたのかもしれない。

「ゾウは記憶力がいいらしいから。お姉ちゃん、細かいことといちいち覚えてるでしょ」

「あんたねえ……」

そうして微笑《ほほえ》ましい喧嘩《けんか》が始まる。

どうして今、こんなことを思い出しているのだろう。

——いや、走ってるからか。

と、馬鹿みたいな理由に思い当たった。

体力が限界を迎えそうで、思考がいい加減になってきているのかもしれない。

「そういうえば、自分のことは描かないんだ」

言い争う姉妹に割って入り、俺はそんなことを告げた。

「確かに」と千穂姉が頷《うなず》く。「紗季は何っぽいかな……ねえ、理久はなんだと思う?」

「ああ……猫かな」

「どうして?」と紗季が問いかける。

興味津々《きょうみしんしん》といった表情に、ドキリとしたのを覚えている。

「いや、雰囲気《ふんいき》的になんとなく……」

あの時はそう言ったけど、今なら他に思うところがあった。

俺が猫に抱《いだ》いていたのは、気がつくとふっといなくなってしまうような、どこか手の届かない存在感だったのかもしれない——

『理久《りく》！　緊急事態だ！』

イヤホンから宗太《そうた》の声がして、俺は我に返った。

足を止めそうになるのを必死にこらえ、走ったまま返事をする。

「は？　緊急事態？」

『新校舎に想定外の人だかりができてる！　これじゃあ人目について出口まで行けない！』

「なんでまた急に」

『野球部だ。練習試合か何かが急に決まったのかもな……他校の生徒が裏のほうにたむろしてる。こんなの予定にはなかった』

ただでさえ頭が回らないこんな時に、まさかのトラブル発生か。

気の利《き》いた解決策を思いつきたいところだけど、そんな余裕はとてもなかった。

「それで？　俺はどうしたらいい？」

『なんとかしてあいつらをどかさないと。何かいい手はないか……？』

「そんなこと言われてもな……」

校内に想定外の人だかり。

それをどかして、屋上までのルートを無人にしなければならない。

いったいどうすれば——と考えていると、華乃子《かのこ》が通話に入ってきた。

『非常ベルでも鳴らしちゃう？　試合を中止にできるんじゃない？』

『逆効果だろ』と宗太が突っ込む。『試合を中止できたとしても、むしろ大騒ぎになる。なんなら野次馬を呼び寄せるんじゃないか？』

続いて紗季《さき》の声がした。

『校内放送で何か言うのはどう？　校庭側に誘導するようなことを言えば、裏門のほうから人がいなくなるんじゃない？』

『なるほど……』

宗太がつぶやき、紗季の案を検討する。

『非常ベルよりはあり得そうだが、放送室を使えるかが問題だな。職員室で許可を取らないと使えないよな？　無理やり押し入ったとしても、何を言って誘導する？　適当なでたらめを言ったところで、みんなを引き留められない。何かこう……長い間注意を引けることじゃないとダメだ……』

放送室を使わせてもらえる正当性や権威性。

人を引き留められる持続性。

確かに、そんな条件を満たす都合の良い一手はなさそうだ——と思ったその時。

『わたしが行く』

そう言ったのは接知《せっち》さんだ。

『え……』と宗太《そうた》が困惑の声をもらす。

『大物俳優・接知彩花《あやか》がサプライズ始球式をやると言ったら、みんな校庭に集まると思う？』

『あの、それは……本気ですか？』と宗太がさらに困惑する。

サプライズ始球式？

走り続けの俺は、ますます訳の分からない気持ちになっていく。

『本気じゃなきゃ言わない！　それとも他に何か、妙案がある？』

『でもそうしたら……〝出口〟で伊藤隼人《いとうはやと》と話す役目は？』

そうだ。第三走者である接知さんは、屋上までのラストスパートと、伊藤隼人との対話を担《にな》っている。はっきり言って、この作戦の最重要パートだ。接知さんがその役目を退いてしまったら、この後の流れがまるごと崩壊する。

『それについては、わたしに一つ考えがある……』

そして接知さんは、思いもよらない提案をした。

5

外を走っていた俺としては、実際の経緯がどんなものだったかは分からない。だけど三狛江《みこまえ》高校新校舎までやって来ると、裏門周辺に人の気配はまったくなかった。よく聞き取れないけど、校庭のほうからメガホンで何か話しているのが聞こえる。歓声のようなものも聞こえるから、大物俳優・接知彩花のサプライズ始球式は順調に運んでいるのだろう。

そちらの様子もかなり気になるけど、見に行っている暇はない。

とにかく、時間稼ぎとしては有効そうだ。

これならきっと上手《うま》くいく。

——あとは、仮想世界の新たな〝出口〟を目指すのみ。

第三走者が急遽《きゅうきょ》いなくなったことで、俺の担当ルートは予定より長くなった。体力はとっくに限界を迎えていたけど、ここでも人目につかない経路を選び、伊藤隼人と一定の距離を保ちながら校内を進んでいく。道順が細かくなるため、ついて来ているかの確認も慎重に行う必要がある。

そうしていると、伊藤隼人の容姿にも意識が向いてきた。

無造作に伸び散らかした長髪。無精ひげ。服装はよれよれの柄シャツにジーンズで、外見に気を遣っているようには思えない。世捨て人のような雰囲気《ふんいき》で、実年齢の二十三歳よりも老けて見える気がする。

ラストスパートは校舎内の階段だ。

四階にあたる屋上を目指し、残る体力のすべてで一気に駆け上がる。

三階の廊下には華乃子《かのこ》の姿があった。中継地点に停《と》めた俺の自転車を使い、ここまで先回りしていたのだ。ここでの彼女の役目は、屋上の演出が人目を引き、部外者がこちらへ来てしまった時のためのゲートキーパーだ。

少々疲れた様子の華乃子がこちらを見て、こくりと頷《うなず》いた。

相変わらずの目力で、「もうひといき！」と心の声を送っている。

そして俺は、いよいよ最上階へとたどり着く。

床を這《は》う演出機材用の延長コードが、開け放たれた扉の先へ伸びていた。

大量に生成されたスモークが屋内に入り込み、扉付近はすでに異様な雰囲気だ。

そんな中を突っ切り、俺は勢いよく外へ飛び出した。

そのまま横へはけ、建物の陰に身を隠す。

俺は地面に座り込み、ヘルメットを外して深呼吸をした。

日差しが視界を埋め、風が鼓膜を震わせ、湿気を含んだ夏の匂《にお》いが鼻に飛び込んできた。

世界が、一斉に息を吹き返したようだ。

待機していた宗太《そうた》が駆け寄り、水のペットボトルとタオルをくれた。

「お疲れさん」と小声で告げ、わずかに張り詰めた笑顔で俺をねぎらう。

「はあ……紗季《さき》は？」

「スタンバイしてる」

宗太は首を横にひねり、緑のネットフェンス前に立つ人影を指し示した。

そう。接知《せっち》さんの提案により、作戦の最終ステップは紗季が担《にな》うことになっていた。


青空の下に、霧のようなスモークがゆらゆらと漂っている。

その大部分は足元に溜《た》まっていて、宗太がセットした照明で薄《う》っすらと赤みを帯びていた。

演出機材はすべて、伊藤隼人《いとうはやと》の背中側になる位置にセットされている。

振り返ればすべての魔法が解ける、あまりにも脆《もろ》いステージだ。

そしてその中に佇《たたず》む、宇宙飛行士。

ミラーシールドのせいで顔は見えない。

これが、伊藤隼人を目覚めさせる〝出口〟。

冒険の終着点。

校庭からは時おり、集団の笑い声が聞こえてきた。

いったいどんなサービスをしているのか、接知《せっち》さんのワンマンショーは盛況なようだ。あちらが盛り上がれば盛り上がるほど、屋上の異変に気づかれるリスクが減る。接知さんはおそらく、そこまでを計算して必死に場を繋《つな》いでくれている。彼女は親友のための作戦を、その要《かなめ》となる最重要パートを、土壇場で紗季《さき》に託したのだ。

俺にはその理由が分かる気がした。


だから私は……彼を救いたいです。


接知さんとのビデオ通話でそう語った、あの時のまっすぐな態度を信じたのだと思う。

大丈夫。紗季は臆《おく》さない。

間もなくしてそこに、伊藤隼人《いとうはやと》の足音が聞こえてきた。ここまでのマラソンで疲れ切っているのだろう。不規則でゆっくりとした歩みに、激しい呼吸音も重なっていた。

やがて姿を現した伊藤隼人は、屋上の扉から数歩、紗季のほうへ進み出る。

建物の陰に隠れている俺からも、その姿はよく見えた。

肩を落とし、たどたどしい足取りで一歩、また一歩と前進していく。

俺は息を呑《の》み、その様子を見守った。

「ここが……出口か」

伊藤隼人が、息も絶え絶えに告げた。出口という言葉を使ったということは、共有ファイルのメッセージには乗ってきている。俺たちのシナリオを受け入れ、物語に身を任せている。

二、三メートル先に佇《たたず》む宇宙飛行士は、沈黙を貫いていた。

「絵里奈《えりな》……」

そう言って彼は、さらに一歩進み出る。

本来ならここでヘルメットを外し、本条《ほんじょう》絵里奈とそっくりな、接知さんの顔が現れるはずだった。そうすれば伊藤隼人は、彼女の話に耳を傾け、物語から現実への緩やかな着地を果たせると踏んでいた。

だけど今、その架け橋は存在しない。

伊藤隼人は果たして、彼女の存在をどう受け止めるだろうか。

そして紗季が、ゆっくりとヘルメットを外した。

乱れた髪を直すこともなく、彼女はただまっすぐ、伊藤隼人を見つめている。

薄赤色に照らされたスモークが、二人の足元を静かに漂っている。

沈黙が〝出口〟を包み込んだまま、長い時間が流れた。

その間に二人が何を考えていたのかは分からない。

だけど、少なくとも俺はこう考えた——奇妙な偶然に導かれ、ここまでたどり着いたことに意味がある。本条絵里奈《ほんじようえりな》が遺《のこ》した物語は、伊藤隼人《いとうはやと》の現実を歪《ゆが》ませた代わりに、俺たちの夏を忘れがたいものに変え、青春の象徴たる屋上に、この光景を生み出した。

喪失《そうしつ》。

憧れ。

後悔。

苛立《いらだ》ち——そのすべてがごちゃ混ぜになって、訳の分からない、このシュールな光景を生み出したのだ。

そしてここに、悪意はない。

俺たちは人を想《おも》い、人のためになろうとしている。

だからきっと俺たちは、

「私たちは、あなたと一緒に悲しむことができる」

そう言った紗季《さき》の目は、微《かす》かに潤《うる》んでいた。

たったそれだけの言葉が、停《と》まっていたすべての時間を動かしたようだった。

伊藤隼人が膝《ひざ》をつき、両手で顔を覆う。

張り詰めた空気の中で、やがて小さなうめき声が聞こえてきた。

その声は次第に大きくなり、彼が泣いているのだと分かった。

肩を震わせ、抑制が効かなくなったように嗚咽《おえつ》し始める。

紗季はそんな彼の肩に手を置き、ひざまずいて一緒に涙を流した。


「本当は、とっくに分かっていたんでしょ？」

紗季の問いかけに、伊藤隼人は頷《うなず》いた。

「脚本の終盤、明らかにクオリティ落ちてたもんね」

「ああ……酷《ひど》いもんさ」

むせび泣く声に、自嘲《じちょう》するようなトーンが交ざる。

紗季は微笑《ほほえ》み、ゆっくりと語りかける。

「別人が書いたのは、明らかだった」

「ああ」

そこでしばらく間ができた。

重たい沈黙が流れるも、紗季《さき》はそんなことに構う様子を見せない。

「あとそうだ」

と今度は、わずかに声を弾ませて告げる。

「198X年ってなんだよ、っていうね」

伊藤隼人《いとうはやと》がクスリと笑った。

心の奥に追いやられていた素の自分が、思いがけず飛び出したような笑いだった。

そして彼は、どこか安堵《あんど》したような、穏やかな声で応じる。

「だな。世紀末じゃあるまいし……」


それから伊藤隼人は、ぽつぽつと語りだした。これまでの経緯や、本条絵里奈《ほんじようえりな》への想《おも》いや、犯した罪についての告白を。紗季はその話に耳を傾け、彼に寄り添い続けた。

俺たちはそんな二人を、黙って見つめていた。屋上の扉の傍《かたわ》らには、いつの間にか華乃子《かのこ》の姿もある。弔《とむら》いの時は静かに流れ、足元のスモークはやがて霧散《むさん》していった。

現実離れした、嘘《うそ》みたいな冒険もここまでだ。

俺たちの〝出口〟はこうして、何の変哲もない屋上へと回帰した。

幕間

「ハジョウメイコク、エッサボクセツ……」

病室の扉が開いていたから、絵里奈《えりな》はおれが来たことに気づかず独り言をつぶやいていた。エッサボクセツ？　奇妙な呪文のような響きだ。

「絵里奈」

「ああ、隼人《はやと》」

彼女はやせ細った顔を上げ、パッと笑顔を作った。

おれたちはもう別れていたから、彼氏面《かれしづら》をすることはできない。それにしても、おれが彼女の病気について知ったのは、あまりにも遅かった。どうしてもっと早く教えてくれなかったのかと、そう思ってしまうのはやはり、身勝手だろうか。

おれはベッド脇のスツールに腰かけ、さっきの言葉についてたずねてみる。

「なに、今のやつ」

「今のやつ？」

「なんちゃらメイコク……とか」

「やだ、聞いてたの」

「恥ずかしいことなのか」

「別に、そういうんじゃないけど……」

　そして絵里奈は、ある想《おも》い出話を聞かせてくれた。約三年前——二〇一八年の、『カリンの空似』を撮影していた時のことだ。彼女にとってそれは、経験したことのない大きな現場だった。緊張で思うように振る舞えず、ミスを連発してしまった彼女はある時、プレッシャーに耐えきれなくて逃げだしてしまったのだという。

　その時の撮影は、東京の端の端の、三狛江《みこまえ》という町にある古い木造校舎で行われていた。

　一人で泣きはらしたかった彼女は、階段下の小さな物置に隠れようと思った——のだがしかし。そこには、思いもよらない奇妙な光景があったのだ。

「壁にね、赤いお札がたくさんバァーって貼ってあって。破条鳴刻、越査朴摂！　破条鳴刻、越査朴摂！　って、おどろおどろしい字で書いてあったの。こう、いかにも『呪いのお札です』みたいな筆文字でね。それ見たら私、おかしくて、泣きたい気落ちなんか消し飛んじゃった」

「なんだそれ」とおれは笑った。

「で、そこに彩花姐《あやかねえ》さんが現れてね。私のこと心配して、探しに来てくれたの。そしたら私が変な顔して固まってるもんだから、姐さんも異変に気づいてさ、二人でゲラゲラ笑い合った。

振り返ってみるとね、姉《ねえ》さんとはあれをきっかけに距離が縮んだ気がする」

「いや、でも結局なんだったんだよ。そのお札」

「さあ？　近所の中学生のイタズラとかじゃない？」

「ありそうだな」とつぶやき、おれは想像上の中学生のことを想《おも》った。

まさかそいつも、丹精込めて作った呪いのお札が、人を笑顔にしてしまったとは思うまい。

「だからこの言葉はね、私にとってはお呪《まじな》いなんだ。辛《つら》い時に唱えると、色んなことがバカバカしく思えてくる」

絵里奈《えりな》はしみじみと告げ、窓の外を見つめた。

晴れ渡った空に、真っ白な雲が漂っていた。

辛い時に唱える——か。

ささやかなエピソードを愛《いと》おしく想いながら、おれは無力感に打ちひしがれた。

終章　そこで恋を選ぶのが美しい

1

初めから分かっていたことだけど、チャーリーをめぐる冒険は通報によって終わりを迎えた。とても常識的で、当たり前の行動――避けて通ることのできない、社会的な責任の話だ。

処罰に関して言うと、建造物侵入罪の成立は確実だった。旧校舎はもちろん、新校舎の屋上にも俺たちは侵入している。とはいえ、そこに悪質性があったとはみなされず、深刻な事態は避けられていた。

実際問題俺たちは、精神的に危うい状態の行方不明者一名を発見し、破滅に向かいつつあったその人を救ったのだ。それはきっと善行とみなされるだろうし、旧校舎の白骨死体についても、すぐに通報しなかった点は責められたとしても、俺たちのおかげで遺体が発見されたという事実は存在している。俺たちとしては、その辺りを拠《よ》り所《どころ》に、できるだけ甘い処分を期待するしかない。

で、あの死体は結局誰だったのか？

その謎については、あの日の屋上で、逮捕される前の伊藤隼人《いとうはやと》から真相を聞いていた。

簡潔に言ってしまえば、樹海で遭遇した、名も知らぬ自殺者の遺体らしい。この世を去った本条絵里奈《ほんじょうえりな》の後を追い、自分も死のうと樹海をさまよった伊藤隼人は、そこである人物と出会った。青いレインコートを着た、体格のいい大男だ。伊藤隼人はその男に諭《さと》され、自死を思い留《とど》まった――のだけど、じゃあ、その男は何者だったのか？

青いレインコートの大男はなんと、「遺体探し」を趣味にしていたのだ。

ずいぶん変わった趣味だけど、実際、そういう人は存在するらしい。その男も普段はごく普通の会社員で、休日になると死体を求めて樹海などを探索するという。行方不明者の発見に繋《つな》がっているという意味では、必ずしも悪とは言えないのだろうけど、それを趣味と呼ぶのはあまりにも悪趣味な気が――と考え、はたと気づく。宇宙飛行士の白骨死体に興奮し、ひと夏の冒険と息巻いていた俺たちに、批判する資格はないか。

人は人の死を悼《いた》み、人の死に魅入《みい》られる。

どうしたってそこにあるものだから、引き寄せられてしまうのかもしれない。

いずれにしても、伊藤隼人は樹海から生還し、死ぬことも叶《かな》わないまま、空虚な日常生活へ戻ることになった。そしてそんな時、タイミングが良かったと言うべきか、悪かったと言うべきか、本条絵里奈の遺《のこ》した脚本に、続きが書き足されているのを発見した。

そこから先は俺たちが推理していたとおりだ。

伊藤隼人は、書き足された物語を本条絵里奈からのメッセージと曲解し、仮想世界からの目覚めを夢想するようになった。物語を本物にするべく、彼は小道具の制作にのめり込み、そのアップグレードを繰り返したのだ。

その中で入手した素材の一つが、イースト・ラネル製の防護服だった。俺たちが睨《にら》んだとおり、防護服は衣装倉庫から盗んだもので、彼はその他にも、実際の宇宙開発に関わる企業の品をあらゆる手段で手に入れようとしていた。

紗季《さき》も言っていたけど、それはもはや、伊藤隼人《いとうはやと》にとって儀式のようになっていたのだと思う。少しでも本物らしい宇宙飛行士を作り上げることが、耐えがたい現実を生き抜く術《すべ》になっていたのだ。

そうして行き着いたのが、名も知らぬ自殺者の骨だった。死体を調達するという発想はもちろん、自分を救った青いレインコートの男の影響だ。また、宇宙服を下手に触らないようにしていた俺たちには知る由《よし》もなかったのだけど、骨は全身があるわけではなく、頭と首周りの一部があるだけだったという。

「それはそうと、早坂《はやさか》とは仲直りできたのか」

向かいのソファーに座るセタケが、ついでのようにたずねた。

職員室と隣接する応接間で、今回の件について学校の聞き取り調査を受けているところだった。宗太《そうた》と紗季の順番はもう終わっていて、あとは俺から話を聞き、事実の擦《す》り合わせを行うとかなんとか、そんな風に聞いている。

「なんですか急に。仲直りって」

意図が分からず、俺はたずね返した。

「今回のことがあるまで、お前と早坂が一緒にいるのなんて見たことなかったからな。中学の頃は仲良しだったそうじゃないか。それでまあ、そういうことだろうと勘ぐってみた。外れてるか？」

「いや……外れてませんけど」

「そら見ろ！」

セタケは大人げなくガッツポーズを決め、子供のような笑顔を浮かべた。

「で、仲直りは？　どうなんだ？　というかあれか、惚《ほ》れてたりするのか？」

「そういうの、何かしらのハラスメントだと思いますけど」

「お、そんなこと言っていいのか？　教師をだまして顕微鏡使ったくせに」

痛いところを突かれ、俺は言葉に詰まった。

だからここは、別の質問で話題をそらす。

「ていうか先生、誰と誰が仲いいとか、案外そういうの見てるんですね」

「見直したか？」

「見直すというか……ちょっと意外な感じです」

「ま、早坂《はやさか》に関しては特殊な事情もあるしな」

「隕石《いんせき》事故のことですか？」

「ああ。お前はあまり意識してないかもしれないが、事故当時、早坂千穂《ちほ》はここの一年だった。彼女のことは印象に残ってたし、その妹が入学したとなれば、そりゃあ気にもかける」

セタケの言うとおり、そこはあまり意識したことがなかった。事故が起こるまでの半年ばかり、千穂姉は確かに、ここの一年生だったのだ。

セタケの目には、彼女はどんな風に映っていたのだろう。

「早坂千穂は、どんな生徒でしたか？」

「そうだな……」

セタケはどこか上のほうを見つめ、そこにある記憶を眺めるように答えた。

「落ち込んでいる奴《やつ》がいたら、一緒に悲しんでやれる優しい生徒だった」

2

屋上での最終作戦から二週間が経《た》っていた。

伊藤隼人《いとうはやと》が逮捕され、「宇宙飛行士の白骨死体」というセンセーショナルな言葉が報道されると、事件はちょっとした注目を集めた。宇宙服が偽物《にせもの》であることも、すべてが妄想に基づいた虚構であることも分かっていた。それでも、事件の経緯そのものにドラマがあり、新たな細部が明らかになるたび、この事件の話題は一部の物好きを沸かせ続けた。

　事態の発覚に地元の高校生が関わっていたらしい、との噂《うわさ》もすでに流れている。今のところ個人の特定には至っていないけど、その状態がいつまで続くかは分からない。特に華乃子《かのこ》は、例の暗号文字の投稿があるから、何かのきっかけで事件との関わりが公になるかもしれない。

　そんな中、俺たちより先に事件との関与が発覚し、大きな話題を呼んだのが接知《せっち》さんだ。

　最終作戦時、練習試合に来ていた野球部員たちの注意を引くため、とっさの機転で独演会を開いた彼女の映像が拡散されたのだ。

　とにかく時間を稼ぐ必要があった都合、三狛江《みこまえ》を訪れた時の想《おも》い出話から業界裏話、下手なモノマネから学業の大切さを訴えるスピーチまで、接知さんは節操のないトークを矢継ぎ早に繰り出していた。それまでは硬派な演技派俳優のイメージが強かった分、この映像は多くの人を驚かせることになった——のだけど、あえてポジティブに捉《とら》えるなら、それまではリーチできなかった新たな層に、接知さんの存在が認知された可能性はある。


「おつかれー！」

　道路脇の斜面に腰かけ、こちらに手を振っているのは制服姿の紗季《さき》だ。

　田畑に囲まれた一本道が、夏空の下で輝いている。道路には一定間隔で電柱が立っていて、そのうちの一本はわずかに傾いていた。

四年前に隕石《いんせき》が飛来し、早坂千穂《はやさかちほ》が命を落とした場所だ。

紗季《さき》の周りには宗太《そうた》と華乃子《かのこ》もいて、のどかなピクニックのように、みんなで斜面に腰かけている。事件発覚後はゴタゴタが続いていて、四人で会うのが難しかった。だから今日、聞き取り調査の終わりに合わせて、みんなで集まろうと決めていたのだ。

俺は自転車を停《と》め、みんなの輪に加わった。

「お待たせ」

「セタケの尋問はどうだった」

宗太がにやけながらたずねる。

「まあ、どうってことなかったよ。あったことを全部、正直に白状しただけ……あ、でもそうだ。少し意外に思ったことがある」

「へえ?」

「セタケも案外、生徒のことをよく見てる」

「なんだよそれ」

「ねえ、理久《りく》!」

とそこに、元気いっぱいの華乃子が割り込んできた。

「彩花姐《あやかねえ》さんの謝罪会見、見た?」

「ああ、昨日のやつね。あれはすごかった」

「もはや謝罪会見史上に残る傑作でしょ」

世間の注目が高まるなか、危機感を持った接知《せっち》さんの所属事務所は、謝罪会見をセッティングした。それなのに接知さんは、「お騒がせして申し訳ありません」と頭を下げることを拒んで、ついに最後まで謝らなかったのだ。

全部、友達のためにやったことです。事務所が勝手に『謝罪会見』と銘打ってるけど、わたしは全然、これっぽっちも謝罪する気なんかありません！

そう言い放った彼女は、社会人としてどうなんだという批判を浴びた。

だけどその一方で、熱く友情を語った彼女を、好意的に見る意見も一定数あった。

「なんかね」と華乃子は興奮気味に語る。「あれで事務所ともめちゃって、フリーランスになるらしいよ。姐さんも転機ってやつだねえ」

それを聞いた宗太が、不機嫌そうに目を細める。

「というか華乃子、接知さんと仲良くなりすぎだろ。なんだよ姐さんって」

「お？　妬《や》いてんの？」

「そうじゃない。僕はただ、適切な距離感ってものがあるだろうと……」

「でもさ」

いがみ合う二人を無視して、涼しい表情の紗季《さき》が告げる。

「世間の注目を一手に引き受けてもらっちゃって、接知《せっち》さんにはちょっと申し訳ないよね」

「それはある」と俺は同意した。

「ほとぼりが冷めたら、一度みんなでお礼を言いに行きたいね」

「ああ」

ほとぼりが冷めたその頃、俺たちはどうなっているのだろう。

華乃子《かのこ》は夏の間、都心の美術予備校へ通うと言っている。美大受験はなかなか大変だと聞いているから、険しい道のりが待ち構えているかもしれない。

宗太《そうた》は、学部や偏差値よりも演劇サークルで大学を選ぼうとしている。接知さんという大きなコネができたとはいえ、そういうものを利用するしたたかさはあまりなさそうだから、案外、地道な努力で将来を切り拓《ひら》いていく気がする。

そして紗季は、教育系を考えているとは言っていたけど、完全にはピンと来ていない様子だった。どこかでしっくり来るのかもしれないし、まったく別の何かに出会い、大胆な方向転換をするのかもしれない。

かく言う俺は、自分でもびっくりするほどビジョンがない。

だけど焦《あせ》ってはいなかった。母さんの言いつけどおり、耳の裏が湿ってるうちは、選択肢を多く持っておくことが重要なんだと思う。可能性が広がっている限り、青春は続いていく――そんな風に定義するとしたら、俺の青春はまだまだ、これからが本番なのかもしれない。


「そういえば一つ、気になってたことがあるんだ」

全員を見回し、宗太がもったいつけた調子で告げた。

今日ここに集まったのは、区切りをつけるためだ。ここでいったん線を引き、気持ちを切り替えるためにも、疑問はできる限り解消しておくのがいい。

俺は首をかしげ、宗太に先を促した。

「接知さんが言ってただろ？　本条絵里奈《ほんじょうえりな》に恋人がいたなんて、聞いたこともなかったって。だからこそ、伊藤隼人《いとうはやと》の存在は謎に包まれていた。すると本条絵里奈は、伊藤隼人のことをどう思っていたんだ？　伊藤隼人が彼女のことを強く想《おも》っていたのは分かる。おかげで今回の事態に繋《つな》がったわけだからな。だけどその気持ちは、ちゃんと通じ合っていたんだろうか。そこはもしかしたら、かなり一方的な拗《こじ》らせ方をしていた可能性だってあるんじゃないか……？」

本条絵里奈は、入院する直前まで伊藤隼人と付き合っていた。

その頃には接知さんと親密になっていたから、二人の交流において、伊藤隼人の存在がまったく話題にあがらなかったのは不自然に思える――と接知さんは語っていた。

宗太の言うとおり、伊藤隼人が本条絵里奈を想っていたのは間違いないとしても、本条絵里奈から伸びる矢印がどうなっていたかは分からない。

たまたま話題にしなかっただけか。語りたくないことだったのか。

「あたしは分かる気がするけどな」

そう答えたのは華乃子《かのこ》だ。

「本条絵里奈《ほんじょうえりな》はさ、自分の余命が短いと知った時に、恋よりも夢を選んだんじゃない？　映画を作りたい。脚本を書いてみたいって。だけどそれって、世間一般の目には薄情に映るでしょ？　だから言いたくなかったんじゃないかな。要は後ろめたかったんだよ。そこで恋を選ぶのが美しいって、世の中そういう感じじゃん」

「そっか。そういう考え方もあるか」

紗季《さき》が感心したように頷《うなず》いた。

「だが絶対に片方を選ばなきゃいけないわけじゃ——」

と宗太《そうた》が反論を試みるも、その言葉は華乃子に阻《はば》まれる。

「そりゃあ両方選べるなら両方選ぶって。でも時間がなかったら？　どっちかだけって選択を迫られたら、あたしも恋を選ばない気がする。どっちが偉いとかじゃなくて、あたし個人の、選択の問題としてね」

「そういうもんかねえ……」

恋の魔法を信じたいのか、宗太はどこか不満げだ。

「ま、あたしの勝手な想像だから、実際は全然違う理由かも」

だけど接知《せっち》さんは以前、華乃子と本条絵里奈は気が合いそうだと言っていた。それもふまえると、華乃子の言葉にはなかなか説得力がある。


本条絵里奈は、恋よりも夢を選んだ——


とはいえ、それを後ろめたく感じていたのなら、それはつまり、伊藤隼人《いとうはやと》のことも大切だったんじゃないだろうか。そうでなければ、後ろめたさなんて感じないはずだ。心が痛むからこそ、話すことができなかった。相手を傷つけた自覚があったから、誰にも話したくなかった。

正解かどうかは分からない。

だけど想像することはできるし、それが始まりであることは確かだ。

たとえその相手が、もうこの世にいない人であっても。

「大抵のことは、勝手な想像だよ」

そう言って紗季は立ち上がり、傾いた電柱に手を触れた。

寂しい言葉のようにも聞こえるけど、紗季はあくまでも楽し気だ。

〝勝手な想像〟だと言いながら、それを理由に何かをためらうわけじゃない——考え込んで足踏みしがちな俺には、彼女のそんなところが眩《まぶ》しくてたまらない。だけど、チャーリーをめぐる一連の出来事を通じて、俺も少しは彼女に近づけたんじゃないかと思っている。

だから、そんな今なら、それどころじゃないと無視してきた彼女への気持ちについても、改めて考えられる気がした。そのためにはまず、想像しなければならない。

彼女は俺のことを、どう思っているのだろう？


「それじゃあここで、お姉ちゃんに祈りを捧げましょう！」

紗季《さき》が軽快に告げ、俺の思考は遮られた。

立ち上がる華乃子《かのこ》と宗太《そうた》に続き、俺も慌てて腰を上げる。

今はいったん、この辺りにしておこう。

この件はこれから、じっくりと向き合っていけばいい。

「号令はじゃあ……理久《りく》、お願い！」

彼女から指名を受け、俺は電柱に手を触れる。

全員が同じようにするのを見届け、深く息を吸い込んだ。

傾いたコンクリート柱の先には、果てのない青空が広がっている。

その只中に、ここ一番の大声を放った。

「黙禱《もくとう》！」

俺は目を閉じ、祈りを捧げる。

夏の太陽に熱せられたコンクリートが、じりじりと手のひらを刺激した。

（了）

あとがき

夜、帰宅して部屋の明かりをつけた時、そこにいたら怖いのはなんだろう。

幽霊もいいけど、宇宙飛行士が突っ立ってたら怖くない……？

――なんてことを考えたのが、本作の始まりでした。最終的には全然違う内容になったわけですが、アイデアの芽がどんな形に成長していくかは、書いている本人にも分からないわけで、そこにあるワクワクこそが、物語を作る醍醐味の一つだと思います。

あそこのあの部分を思い付いていなかったら、あの人物をこうしていたら、という数多《あまた》の分岐を経て出来上がった現状の物語は、奇跡的な確率の果てに、今の形をしているのです。そのことを考えると、私はどうしても、マルチバースのことを思い浮かべてしまいます。物語を作っている間の私は、無数の宇宙を渡り歩き、これだという一つを選び取っている――

そんな風に、なんでも大げさに考えるのが好きです。

過ぎていく日常の端々に、いつだってSFを求めてしまうのです。

あとはただ、私が選び取ったこの宇宙が、読者の皆さまにとって喜ばしいものであることを願うばかりです。

本作を形にするにあたっては、多くの方々のお世話になりました。担当編集の大米様、イラストレーターのさけハラス様、デザイナーのフクシマナオ様、第十八回小学館ライトノベル大賞ゲスト審査員の宇佐義大様をはじめ、関係するすべての皆さまに心から感謝いたします。こう書いていると、いかに自分が恵まれているかに改めて思い至り、ちょっと泣きそうです。

あとがきを書くという行為《か》は、こうも胸に来るのですね。

そして最後に、彼のマスターピースを生み出されたジェイムズ・P・ホーガン氏に、最大限の敬意を込めて。

篠谷巧

GAGAGA
ガガガ文庫

夏を待つぼくらと、宇宙飛行士の白骨死体

篠谷 巧

発行　2024年7月23日　初版第1刷発行

発行人　鳥光 裕

編集人　星野博規

編集　大米 稔

発行所　株式会社小学館
〒101-8001 東京都千代田区一ツ橋2-3-1
［編集］03-3230-9343 ［販売］03-5281-3556

カバー印刷　株式会社美松堂

印刷・製本　TOPPANクロレ株式会社

Printed in Japan ISBN978-4-09-453198-5

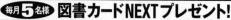